米寿の雑感

記憶する身体・共感する心

長岡穂積
Nagaoka Hozumi

文芸社

本書を小学四年生のときの恩師で担任のハマ先生の御霊前へ

はじめに　――謝辞

皆様、ようこそ僕の「米寿の祝い」に駆けつけてくださいまして、誠にありがとうございます。

今日、こうしてここに立っていられるのは、日頃の皆様方のご支援・ご協力の賜ものと、深く感謝申し上げるところでございます。と同時に、僕と関わりくださいました、今は亡き方々にも深く感謝申し上げたいと思います。

さらにまた、僕にとっては忘れ難い方々がまだ他におられます。その方々というのは、たくさんの〝本〟の著者の方々です。本を読み、その方々の知識と智恵を学ぶことによって、今日までなんとか成功裡のうちに歩みを続けられてきたことにも、感謝の気持ちを表さなければならないと思っています。本当にありがとうございました。

そこで思い出すのは、祖父の言葉です。祖父は明治生まれで、日露戦争当時、二十六歳でした。寺子屋で学んだのか、近所で漢字の読み書きができる数少ない中の一人でした。その祖父があるとき、農作業の手伝いの帰り道で、僕にこう言ったのです。

「勉強のできる限り、続けんといけんぞ」

旧制の長崎県立長崎中学校の生徒であることは、長崎人の希望であり、誇りであった時代。僕がその長中生だったからか。

それが祖父のどういう気持ちの中から出た言葉なのか、ずっと考えてもみませんでしたが、ふとわかったような気がしたときがありました。そのとき以来、僕はそのような生き方を選んで、今日まで歩み続けてきたというか、ここまで来ることができたのではないか、と感じているのです。


また、末尾になりましたが、本書は文芸社に応募したもので、幸運にも出版の運びとなりました。出版に際して、文芸社の皆様には多大なお力添えを賜りましたことに対し、深い感謝の心を表したいと思います。ありがとうございます。

米寿の雑感◆目次

はじめに——謝辞　4

第一章　記憶する身体——9

原初的な記憶　10
ある記憶の肖像　12
子どもの頃の家事手伝い　16
農作業の手伝い　18
燃料確保の仕事　21
十五歳の春から　23
遺産を継いで　27
今を顧みて　31

被爆者・戦争体験者としての〝自分〟　36

第二章　共感する心　53

生きていく道を　54
別れと出会い　58
子どもと、友と、先輩教師との出会い　62
十年目の急展開　71
新しい子どもたちと一緒に　77
それでも子どもの事実に則して　85
「交流教育」という流れの中で　96
学校と社会／連帯と競争　107
曼珠沙華・二題　121
映画を観ての感想・二題　125

一、映画『恋ごころ』を観て
——そのストーリー展開の面白さについて　125
二、映画『ピエロの赤い鼻』を観て　130
おわりに　——〝いのちの架け橋〟ということ　153

第一章

記憶する身体

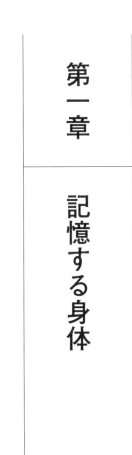

原初的な記憶

皆さんも、幼少期から今日までのことで、いつまでも忘れられない思い出や、ふと心に過る風景があると思う。僕にとって一番遠い日の思い出は、小学校一年生のときに病気で入院し、それが癒えて退院するとき、看護婦さんたちが日の丸の小旗を振って見送ってくださった「権藤小児科医院」の玄関の風景だ。そして、家でしばらく養生しているときに、漫画本『のらくろ』を、読むのではなく、絵を見てそれを一生懸命ノートに描き写して遊んでいたことだ。ふとんの上で。

それから、学校に行けるほどに元気になってはじめて登校したとき、みんなが「生き物の形の冠」をかぶって劇をやっていて、僕は自分の席からただ黙ってそれを見ているという風景。またそれは、僕にとっての「演劇教育」との出合いでもあった。

第一章　記憶する身体

一年生では病気のために欠席が九十八日もあったが、二年生では無欠席で過ごすことができた。三年生までは長崎の伊良林小学校の「本河内分教場」に通っていた。今は本河内二丁目の運動公園になっている場所だ。四年生からは本校に通うことになった。もちろん徒歩で、片道四十分はかかっていた。

そして、その年の十二月八日、ハワイの真珠湾攻撃をもって、日本が米英らの連合軍を相手にする戦争に突入していったのだ。その日は朝礼があって、僕たち生徒は中庭に集められ、校長先生の「開戦を告げるお話」を聞いた。運動場と校舎の境目の赤土には霜柱が立っていて、僕は級長だったのでクラスの列の先頭に立ち、朝日にとけていくその霜柱を見つめていたのを思い出す。校長先生の話は、僕には「遠いところの出来事」のような気がしていたと思う。

ある記憶の肖像

この「ある記憶の肖像」という言葉は、「忘れえぬ人がいる」という意味のことを示唆しているわけだが、その人のことを思い出したのは、出会ってからずいぶんあとのことで、二十五年くらい経ってからだ。僕が社会人として教員生活をするようになってからも、すでに十年以上経っていた。

僕が〝おくれた子ども〟の教育に関わるようになってから、「子どもの成長・発達」の問題が世の中でもずいぶん採り上げられるようになった。その中で、「九歳・十歳の壁」という言葉も知られるようになり、「具体的な思考から、抽象的な思考へ」の「移項期問題」として採り上げられている。これが、僕自身にとっては小学四年生の頃だった。

その小学四年生頃を思い出すと、そのときは「当たり前のこと」として過ごしてきていたことが、実は、教科書以外の、「成長」にとって大事なことをたくさん経験させてもらっていたことに気づく。四年三組の男女学級で、担任は女性の「林田ハマ」という先生だった。昭和十六年度で、ちょうどあの真珠湾攻撃で日本が太平洋戦争を始めた「十二月八日」という日付を持つ年だ。

ハマ先生は、体操の時間はいつも真っ白のトレパンと真っ白の長袖ブラウス姿だった。

よく覚えているのは、女子も男子もよく「攀登棒《はんとうぼう》（登り棒）」に登らされたことだ。あれは、自分の腕と脚の力だけで重力に抗して棒を登っていくわけで、まさに力試しであり、自分自身への挑戦だったのだ。今考えると、他者のためではなく、自分の今を生きることへの目覚めだったのだろうか。

それから、音楽の時間は音楽室に移動し、オルガンを伴奏しながら唱歌を歌って教えてくれた。小学校時代にそうやって音楽の授業を習ったのは、あとにも先にもなく、この四年生のときだけだった。今も懐かしいのは「村の鍛冶屋」という唱歌だ。一人ずつ、先生のオルガンのそばに立って歌った。あれは音楽の「テスト」だったのかな？　家でも、庭先の大きな柿の木に登り、大きな枝に腰かけて、よく口ずさんでいたのを思い出す。

ハマ先生は、「お話の時間」というのをよくされた。毎週月曜日の一時間目だっただろうか。席順に教卓のところに出て、「自分のこと」をみんなに発表するのだ。自分がしたこと、見たこと、聞いたことを、みんなにわかるように話す。自分を語る。伝える。そして、先生はよく本を読んで聞かせてもくださった。覚えているのは、『ジャックと豆の木』という大型の絵本。それは、僕たち五、六人の班が、その絵本の絵を真似て大きな画用紙に描き、それに厚紙で裏打ちをして「紙芝居」に仕立てて発表したことを思い出すからだ。

そうだ、僕はこの四年生の夏休みにはじめて「原稿用紙」というものに「日記」を書いて、それを先生に出したのだった。毎朝、早く目覚めて、朝の冷気の中で縁側のテーブルに頰杖をつき、外の景色を見つめながら、昨日の出来事を毎日原稿用紙一枚に書き続けていった。そして最後の原稿用紙を二つ折りにして、全部を紐で綴じて、表紙を付け、一冊の小さな「自分の本」として先生に出したのだ。宿題としてではなく、書いてみるように先生に言われていたのかもしれない。

本を読む楽しみ。言葉を連想することの楽しみ。文章を綴って、それを読む楽しみ。それらはきっと、この時期に僕の中に芽生えたのだろう。

身体を動かし、仲間と触れ合って遊ぶ楽しみと同時に、ボーッと空想に耽る楽しみも、生きる喜びの方法として、最初に身につけさせてくださった先生がいらっしゃったのだ。

その先生の名こそ、忘れえぬ人。その名こそ、恩師、林田ハマ先生だった。

子どもの頃の家事手伝い

四年生になった頃から、僕は家事手伝いの「一員」として、家の仕事に積極的に参加するようになっていく。母が祖父と一緒に農作業に精を出していたので、僕は自然と家事を自分の仕事として捉えていったようだ。「タテのものをヨコにせんようじゃ、気のきかんて言われるよ」という母の言葉を思い出すので、多分、自分のこととしてやっていたのだろうと思いたい。

部屋の掃除については、「四角な座敷を丸に掃くって、なんのこと?」と謎かけされた覚えがあるので、僕の掃除は雑だったのだろうか。板の間、お縁、上がり口などの拭き掃除も日課だった。洗濯物が干してあったら、陽のあるうちに取り込んでたたむのも仕事だった。その他、台所仕事の手伝いもあった。ジャガイモの皮むきや、畑に野菜を採りに行くとか、大根や人参は土を落として洗っておくなどだ。
五、六年生になると、「五右衛門風呂」を沸かす燃料となる、立ち枯れの竹とか、枯れ枝、杉の落ち葉を、毎日、裏の杉山、竹山、雑木林に、弟と二人で採りに行ったものだ。杉の落ち葉は炭俵に詰め込んで、山道を転がしながら帰ってくるので楽だった。竹や木の枝は集めて二か所を縄でしばって束にし、肩にのせて引っぱりながら山道を下っていく。
それにしても、風呂の水汲みは大変だった。共同水道栓でバケツ二杯を汲んで天秤棒で担ぎ、家の前の石段を担ぎ上げて風呂釜に移し入れなければならないのだ。しかも風呂釜の八分目くらいまで汲み溜めるには、バケツ八杯分が必要だった。だから溜め終わったときにはホッとしたものだ。

運んでいるときにバケツが揺れると、せっかく汲んだ水がチャプチャプ音を立てて外に溢れ出てしまうので、足の運びに気を使わねばならなかった。肩にかかる重みで、痛みを堪えながらのことなので、身体は緊張するわで、身体の平衡を保つには、「バケツの水の重みに耐えて歩み続けるぞ！」という意志を強固に貫かねばならなかった。

農作業の手伝い

中学生（旧制）になると、祖父の畑仕事の手伝いに連れていかれるようになった。タンポ（畑の近くに土地を深く掘り下げて丸い穴の形にし、そこに下肥え〈人間の糞尿〉を溜めて発酵させる肥溜めのこと）から、溜めた肥を桶（「こやしたんご」と呼んでた）に汲み上げて、畑の作物に施すために、その桶を畑まで運ぶ作業を手伝う。また、収穫野菜を家の納屋に運び込んだり、大根を干して漬物にするための作業もした。

大根は、まず畑から抜いて二本一組の束を作り、それらを柿の木枝に掛けて干す。干し具合を見計らって、木の枝から竿竹を使って大根を下ろして家に運んだり、漬ける前には、抜くときに大根の肌に塗った潤った土を大根の干し葉でこすり落としたり、大根から干し葉を切り落としたりする。それらの前にも、四斗樽を洗って乾かしておくという仕事もあった。

年間を通して畑作業の手伝いをしているうちに、いろいろな野菜の育て方や、芋床での芋蔓の育て方、麦の種蒔きから成育、刈り取り、そして麦篠（脱穀）の仕方など、その段取りや手順と方法を、自然と身体と道具の関係として覚えていった。

下肥えは、堆肥と並んで作物を育てるための肥料だ。家の近くの畑の分は自宅から出る下肥えで間に合わせることができていたが、家から離れたところの畑の分は、他人の家の下肥えを必要とした。そのため、得意先の下肥えを「うせたんご（牛の背や車に乗せて運ぶための桶）」に汲み取って、畑まで運び、タンポに溜めなければならない。長崎は坂の多い街なので、大八車に積んで引いていくのも大変な仕事であるうえに、段々畑の畑道を上ったり、あるいは下ったりして、「うせたんご」を天秤棒（オウコと呼んでいた）で担いでタンポまで運ぶのは、直接身体にその重みがかかるだけに重労働だった。

十二、三歳頃は、祖父がその大八車を引いて帰ってくるのを途中まで迎えに行って

「車の後押し」を手伝い、祖父が亡くなってからは、その仕事を、母の付き添いを得て僕が引き継いでいくことになった。

燃料確保の仕事

畑の肥料には堆肥と下肥えが欠かせなかったが、家庭生活にとって欠かせない熱源は〝山の恵み〟だ。薪は雑木林の木を切り倒して、それを幹と枝葉に分けて、幹は家まで運んで薪にしていく。そのためには、幹を短く同じ長さに鋸で切り落としていって、次に切り落とした株を二つに割り、大きいのはまた二つに割っていく。それを繰り返して薪にしていくのだ。そして、そのままだと薪は生乾きなので、縁の下や軒下などに積んで乾燥させる。一番いいのは、囲炉裏の上あたりの天井裏に並べて積んでおくことだ。一方、枝葉は枯れるまで山に放置しておいて、枯れた頃を見計らって枝葉を集めて束にし、「柴」として家まで運ぶ。柴は主に「焚き付け」として使った。

風呂を沸かすには、立ち枯れの杉の丸太や、同じく立ち枯れの竹、杉の落ち葉を燃やした。お米は羽釜に入れて竈《かまど》に掛け、柴を焚き付けにして、囲炉裏用の薪よりも短い薪で炊いた。

冬の暖房は、部屋では火鉢に炭をおこして手をかざし温めるか、囲炉裏の火にあたって温もるかだ。冬の風呂沸かしは、風呂の焚口の前で一人占めして暖をとることができて、そのうえ焚き始める前に灰の中に「芋」を二、三個入れておくと、風呂が沸く頃には「焼き芋」になっているので、それを食べる楽しみもあった。小型の芋だと、時にはすっかり「炭」になっていたりするので、がっかりしたこともあったが……。

十五歳の春から

ずっと、芋・麦・野菜、そして燃料の薪といった生活必需品の生産を引き受けてくれていた祖父が病んで、床に伏す日がやってきた。それは僕が中学三年生の二学期の頃だった。そして十二月の半ば過ぎ、二学期の期末テストの最後の日に、とうとう祖父は帰らぬ人となってしまった。麦の青葉が一〇センチくらい伸びて、畑一面が緑色に覆われていた頃だった。

年が明け、畑の緑はますます厚く繁り、大根や白菜も立派に育っていたが、残された畑の耕作と管理を誰かが引き継がなければならない。父はサラリーマンとして働いて家計を支えていたので、僕は十五の春を目指して、母と相談し、援助をしてもらいながら学校にも通い、農作業を引き受け、受け継ぐことになっていったのだった。

春先の農作業は、芋の苗床作りから始まる。一坪ほどの畑の土を掘り起こして周りに積み上げ、その穴の中に、芽立ってきた雑草や野菜の外側の葉っぱなどの青物を集めてきて埋め込み、土をその上に戻していく。そうすると畑の表面より高くなって、芋を伏せる床ができる。そこは水捌けがよくなる。その床に、種芋として芋を伏せていき、その上に土をかぶせる。それに、肥を撒く。そうしてから麦藁で覆い、古い畳やトタン板などで雨避けをして、芽の出を待つことになる。埋め込んだ青草が枯れていくとき、床の土が温まって芋の発芽を促すのだと言われている。そして、外気の温度が高くなってきたら、覆いを剥ぐときが近くなる。芽が出だしたら覆いを取り払って、芽が伸びていくのを見守っていく。

蔓が延びて芋蔓になる頃には、麦の穂が色付き、麦の収穫期を迎える。好天が続く頃を見計らい、麦刈りをする。棒を三本結んで三叉にして立て、丈夫な竿竹の両端を掛け渡し、それに麦の小束を掛けて干していく。雨にあわないように取り込むのが肝心で、取り込むときは、乾いた小束を集めて大束を作り、三叉の一本を天秤棒にして、大束にした束に棒を突き刺し、肩に担いで小屋の中に運び込んで、穂を上にして立て積みにする。その下には、実が落ちてもいいように莚《むしろ》を敷いておく。

麦篠は、まず穂と茎を分離する作業「麦こぎ」から始まる。「千歯《せんば》」という道具を使い、片足で千歯が動かないように踏ん張ってこいで、麦穂をしごき落とす。穂が離れた茎は「麦藁」といい、虫籠や野苺摘みの苺籠、蛍をとって入れる蛍籠を作ったりしたものだ。千歯で切り離された麦の穂は、「麦摺り機」に掛けられて、麦粒と籾殻に分離されていく。そして最後に「唐箕《とうみ》」という道具で風を起こして籾殻を吹き飛ばし、麦粒だけを採り出すことで「麦篠」は終わる。

家中の戸を締め切って、口にはタオルを巻き、籾殻の飛び散る粉を浴びながら、それを拭き取ることもしないで仕上げていくので、すべてを片付けて、水を浴び、さっぱりと汗を流したときの爽快さは、疲れがすっかり吹き飛ばされるようだった。

そして、日当たりが弱くなった頃、篠《しの》し終わった実を一升枡で量りながら叺《かます》に入れて一日が終わるが、それから毎日、莚に実を広げて太陽の光を浴びせて乾かしていく。やっと乾き終わると「製米所」に持っていって実を搗いてもらい、麦粒の皮をむいて白い平らな麦にしてもらうのだ。そして、お米と一緒に洗って炊いて「麦ごはん」になるのである。

思えば、暮れの十二月から一、二月にかけての冬の日の短い時期には、学校から帰ってすぐに、麦畑に「ジャレン」という農具を担いで急いだものだった。生え揃った麦の若葉の上から土を振りかけて、茎の分げつを促し、同時に根元を補強し、雨風に倒れにくくしてやるための仕事だ。

急いで畑に来ても二、三列やり終わる頃にはもう薄暗くなり始めてくる始末だったが、時期によっては東の空から丸い月がだんだんと昇って辺りを照らし、仕事ができるようになってくる。すっかり葉を落とした柿の小枝までがくっきりと空に映し出される様な月夜だ。一枚の麦畑のジャレン作業を無事終え、足元を気遣いながら畑道を上って帰ったことが、一枚の写真のような風景として身体に染みている。

遺産を継いで

　祖父が残してくれた畑や山林を荒地にしないように切り回していくことは、家族の生活のために貴重な資源を生かすことだったが、僕には慣れないことも多かったので、大変な努力を要した。「三段歩（約三〇〇〇平方メートル）」余りの畑があり、鍬一丁でそこを耕し、堆肥と下肥を肥料にしての農作業。段々畑なので、運搬はすべて人力。担ぎ上げ、担ぎ下ろし。

　一番の苦労は、「下肥えの汲み取り」に行って、それぞれの畑の近くの「タンポ」まで運び上げて溜める仕事だった。汚いものをきれいに処理することもさることながら、それを担ぎ上げて畑の細い坂道を一歩一歩着実に上っていくことは、ただただ自分を信じて力を出し、最後の歩みを止めて肩の荷を下ろすタンポの前の平らなところに着くまでの辛抱に耐えることだけだった。

一番遠い、一番高い位置にあるタンポは、山の中腹の瀬谷上《せったんうえ》という畑で、現在の「聖母の騎士のルルド」がある附近。二番目は、国道と旧国道の間に広がっている畑で、二つの道をつなぐ「縦道」の中間くらいに一か所と、旧国道のすぐ下の畑のそばと、二つのタンポがあった。それから、家の裏の畑に通じる畑道のすぐ脇に一つと、家から少し離れたところに広がっている段々畑の一番上の畑の入口にも、それぞれタンポがあった。

一番忙しかったのは、盆・正月を前にしたときと、梅雨時期だ。「下肥が滞る」ことのないように取り計らわなければならないので、日を空けないように処理するのが大変だった。特に正月前は、自分の家で餅を搗いていたので、その準備や正月の用意と重ならないように心がけて済ませなければならなかった。

それから、一番慣れていない仕事は、山仕事。樵《きこり》の仕事だ。あれは敗戦から四、五年経った頃のことだったか、辺り一面の山々の松の木が一斉に赤茶化して枯れていくということが起こった。松喰い虫の被害だったのか、戦時中の「松脂採り」で木を傷つけたせいかはわからないが、家の裏山の杉山の中の松も、竹山の中の松も枯れてしまった。そこに、「枯れた松を駆除するように」との連絡が来て、松の木を倒さなければならなくなったのだ。

山の斜面の中腹に、竹や杉の梢から抜きん出て聳えるように立つ松の大木を、どうやって倒すのか……。杉の枯木を倒すのとはあまりにも違いすぎる。四方八方に大きな枝をつけているし、それが周りの杉や竹に引っかかってしまったら、倒しきれなくなる。その枝打ちも容易ではない。

ともかく、どの方向に倒すようにするかを考えるしかなく、斜面に沿って倒れていくことを願って、まずは松の木の根元近くに、倒す方角を決める「切り口」を斧で開けていく。そしてその真後ろ側に、切り口よりも少し上から、斜面に沿う角度に鋸の歯を入れて切っていく。鋸の歯が幹深くなっていくと、それはもう気が気ではなくなり、鋸を引くのと、いつでも逃げられるようにとの気持ちが一緒になって緊張が高まる。木の幹の繊維が切れる「ミシッ」という音を合図に、鋸を抜き、代わりに楔を打ち込んでいく。すると松の梢がザワザワと鳴って、重心が梢のほうにかかってきて、見る間もなくザザーッと、周りの木や竹を押しつぶすようにして、傾面に向かって倒れていった。もうそのときは、僕は木の根元からずっと離れていて、倒れていく木を見つめているのだった。

ざわめきが収まって、山は静けさを取り戻す。横たわる大木の上に乗って、倒れてしまったことを確認するために、ゆすってみる。それから木の処理にかかった。全部で確か三本だったと思うが、最後の一本は、雪の降る日曜日に倒したと記憶している。山の平らなところで焚き火をしながら、水筒のお茶を飲み、弁当を食べて、山の中の雪景色を堪能したことを思い出す。竹の笹の葉やその小枝の上にも雪が積もり、それが風に吹かれて「サラサラ」とかすかな音を立て舞い散っていく光景は、山の静けさと共にかすかな息吹を感じさせられた……。

今を顧みて

これまで述べてきたように、土を耕して作物を育て、そのために堆肥を作り、下肥を溜めて、収穫の苦労と喜びを体験し、山の木を切り、薪を作り、枯れ葉や枯れ枝を拾い集め、大本までも倒してそれを薪にするといった、自然を相手に中学・高校時代を過ごすという形で歩み始めた人生――。

〝青春〟という言葉があるが、僕にとっての青春とは、農作業への挑戦であったわけだ。キャプテンに誘われて旧制中学三年から始めたラグビーも楽しい思い出として残っているが、土にまみれた生活体験は、自然と共に生きていくという、永遠の命の源に触れる新鮮さを保っている。

この間に学んだことはなんだったのだろうかと、ふと思い返したときがあった。それは、故あって〝おくれた子どもたち〟の教育に携わっていくようになり、人間であるということはどういうことかを考え始めたときのことだ。

子どもの頃は、とにかく夢中になって遊んだし、友だちとお互いに身体をぶつけ合ったりしたし、走り回ったりもしたし、大声を出して合図をしたり、とにかくみんな仲間だった。遊び道具を自分たちで作って遊び、鋸や鉋や切り出し小刀、釘や金槌などの道具を使って工作をして楽しんだりもした。模型飛行機やグライダーを作って、みんなで飛ばし比べをしたり、凧揚げや独楽回し、ビー玉やメンコも一緒にやった。

そんな遊びの中で、みんな考えただろう、「どうしたら上手にできるようになるだろう?」と。

みんな自分の身体を通して、感じ・考えながら「身のこなし方」を磨いていった。何かを上手にやるためには、何をどうしたらいいのかを、それぞれに見つけていったのだ。そして、そのやり方がわかってできるようになると、心も身体も生き生きしてくる。また、下手な者は上手な者に習い、上手な者は自分の秘策を、事もなげに教えてくれるのだ。

子どもは、子どもたちの輪の中で、上手くなりたいという願い（欲求）を持ち、できるようになったらさらに創意工夫をして、それに磨きをかけて個性を発揮し、喜びを見出す。この遊びの中の生きる姿にこそ、人間であることの尊厳性を見ることができるのではないだろうか、と思う。

仕事を通して、僕も考える人間として生きてきたように思う。何のために、何をどうするのか。そのためにどんな「構え」が、心身はもとより物的にも準備されなければならないか。そして、現実に遂行するための「手順と方法」を、自覚的に実行していく。それを成し遂げるまでの持続する意志と努力。それを支え耐える身体。

このように考えると、「遊び」と「仕事」とは、相互媒介の循環構造として見て取れる。人間育成の基礎としての原理的方法ではないか、と思われるのだ。人間の感性と思考の発達としての、「遊びと仕事（手仕事）」の重要さが感じられるのである。人が生きていくための「意欲」と、それを持続させていく意志の力を形成していくものとして、「遊び」と「手仕事」は「もの作りの精神」を内包していると言えるのではないだろうか。

このように、人間の生き方に思いを馳せると、僕は二つの言葉を思い出す。

一つは、「適期之真也」（高校の卒業式での梅田倫平校長先生の式辞の中の言葉）。

もう一つは、「涙と共に蒔くものは、喜びと共に刈り取られん」（短大の学長・青山武夫先生の言葉）。

今となっては、これらの言葉がどんな文脈の中で語られたかは思い出せないが、「警句」としての響きをもって今日まで身に染みる言葉としてある。


さて、今、米寿を迎え、人生の越し方、往く末を思い、振り返り、残り少ない人生を思うとき、「どう生きていったらいいか?」を、どう自分に言い聞かせたらいいのかという「問い」の前に立たされていることを思う。どう「答」を用意したら、応えられることになるだろうか。

僕は、自分に言う。

「人生は生活だ。生活は実践であり、実践は技術だ。技術は技能の言語的表現である。

それは、自分の身体的運動機能や感覚を言葉に換えていくこと。つまり、自分の行為行動を自覚すること。その自覚に基づいて行為行動をすることが実践なのだ。言い換えれば、実践とは、何のために、何をどうするのか、その手順と方法の自覚による実現を目指すことである」と。

端的に言葉を求めるならば、「はじめに言葉ありき」、そういう生活を送りたいものだ。これは『聖書』の中の言葉だろうが、仏教の教えの中の「懺悔文《さんげもん》」の、「従身語意之所生」（言葉に身をゆだねるところに生あり、と私は解釈している）とすれば、これも、「はじめに言葉ありき」と通底する表現と見ることができるだろう。これによって、「記憶する身体」は創られ、自分を信じて生きていくことができるのではないかと思うのだ。

被爆者・戦争体験者としての〝自分〟

僕が生まれたときは、すでに日本は「事変」という名の戦争を始めていた。そして旧制中学の二年生、十三歳のときに長崎の原爆にあって、戦争は終わった。「十五年戦争」のうちの十四年間の戦争期を生き、その中での戦争体験ということになる。

今、振り返ると、人間が人間として生きていくための基本的、基礎的な学習を身につけていくべき大事な成長期にあって、食べることさえままならない状況の中で、国家のために生きることが求められていたのだ。

この期間に起こった僕自身のことと、世の中の大きな出来事についての年表を掲げてみたい。

昭和六年九月十八日　柳条湖事件（満州事変の発端）
昭和七年一月一日　僕が長崎市で誕生する
昭和十二年七月七日　盧溝橋事件（日中戦争の発端）
昭和十三年四月　伊良林小学校本河内分教場入学（三年生まで）
昭和十六年四月　伊良林小学校・本校へ（四年生）
昭和十六年十二月八日　真珠湾奇襲攻撃（太平洋戦争の発端）
昭和十九年三月　伊良林小学校卒業
昭和十九年四月　長崎県立長崎中学校入学
昭和二十年四月　長崎県立長崎中学校・二年生
昭和二十年八月六日　広島に原爆投下される
昭和二十年八月九日　長崎に原爆投下される
昭和二十年八月十四日　ポツダム宣言受諾（終戦。翌日「玉音放送」）
昭和二十一年五月三日　東京裁判開始
昭和二十三年十一月十二日　A級戦犯二十五名に判決

昭和二十三年十二月二十三日　A級戦犯のうち七名が絞首刑

まずは、長崎の原爆が炸裂した瞬間の僕の体験と行動について語り、次に戦時中に小学校、中学校時代を過ごした戦時体験を、「戦時」と「平時」（戦後期）の比較として語りながら、何を大事にしながら生きていったらいいのか、ということを見出していきたい。

「被爆体験」と言えるほどの体験ではないかもしれないが、長崎の原爆が炸裂した瞬間、僕は落下中心点から東のほうの離れた場所で、自宅に向かって歩いていた。あとで地図で調べたら、そこは爆心地から約四・二キロメートル離れた地点だということがわかった。地上から五〇〇メートルくらいの高さで炸裂したと言われているので、爆発時の光は僕のいた四・二キロメートル先の地点までは直接届いていることになる。山並が幾重も重なった地形だが、それを遮る高さの山はないからだ。

「番所の坂」と呼ばれている坂道をちょうど上りつめたところで、突然「ピカッ」と光って、目の前に「月夜の夜道の国道に、杉並木の木の影が左手から右手のほうに伸びている」、そんな光景が映し出された。

この日は快晴で、かんかん照りの太陽が照りつけていて、南中時に近かったので物影は短く、陽を避けるところもない状態だった。坂の頂き付近のアスファルトから陽炎がゆらゆら上がっているのが、坂道を上りながら見えていた。僕は西のほうから東へと延びている国道34号線を東へと進んでいて、太陽による影は南から北に向かってできているはずなのだが、それなのに杉並木の木の影が「北から南に向かって伸びている」光景が見えたのだ。それは何を物語っているのだろうか。

杉並木は国道を行く僕の「左側」にあった。つまり、僕の目に焼きついている残像は、炸裂の瞬間の原爆の光の明るさが、太陽の光の明るさよりも「明るい光」だったということなのだろう。

原爆が炸裂する瞬間には、大きな火球ができるそうだ。その温度は摂氏三十万度で、原爆の五〇〇メートル直下の地上面の温度は三千〜四千度に達したと言われている。爆発地点の直下では、熱線により人間や動物の肉は炭化し、内部組織は気化したという（参考図書『広島・長崎の原爆災害』岩波書店）。

太陽からは、表面温度六千度相当の光が出ていると同時に、太陽の周りには百万度のコロナができている（参考図書『広辞苑』）。しかし、太陽から地球までは一億五〇〇〇万キロメートルの距離が保たれている。原爆投下は、この太陽と地球の自然の恵みの関係を侮辱し、冒涜する行為であり、人類の自殺行為であろう。こんな世界は、まさに「狂っている」としか言いようがない。

また、爆風の威力については、爆破による垂直方向の衝撃波は浦上盆地の大部分を壊滅させ、水平方向の爆風は風速二〇〇メートル以上というとてつもない速さでこの地域を駆け抜け、建物、木々、植物、動物、何千人もの男女、子どもをこっぱみじんにしたという（『広島・長崎の原爆災害』より）。

風速二〇〇メートルというとてつもない速さで思い浮かぶのは、「猛烈な台風」でも中心付近の風速は五〇メートルくらいだということだ。台風でさえ恐ろしいのに……。

僕が被爆した地点から一キロメートル東方に自宅があったのだが、帰りついて見たものは、軒瓦が地面に落ちて叩き割れていて、座敷の畳が隣の畳の上にずり上がり、倒れた箪笥の下には弟たちのシャツが下敷きになっていて、一か所に集めて立て掛けてあった障子の縦骨が「く」の字になって折れているという光景だった。風速二〇〇メートルの一瞬の威力のすごさは、ここまでも来ていたのだ。

原爆が投下されたとき、僕は中学二年生。十三歳七ヵ月。そして、「学校工場」への学徒動員中だった。三年生以上はもうとっくに学校には来ていなかったが、二年生も勉強は中止になって「勤労動員」になっていた。午前と午後の二班に分かれて作業をする。しかし「工場」といっても場所は学校なので、理科室とその準備室などの特別教室を片付けて、「金属の塊」に「鑢《やすり》」をかける工作台が並んでいるだけだった。

作業部屋の正面の壁には、白い紙に「無言」と書かれた黒縁の額が掲げられていた。指導・監督はもちろん工場関係の人で、やはりほとんど「無口」だった。作業部屋に入ったら口を開くことは厳しく禁じられ、仕事が終わって外に出ても、ここでした作業や見たこと一切を口外してはならないことも申し渡されていた。それから、鑢をかけた部分には絶対手を触れてはいけないこともきつく言われた。

原爆が落とされた日は、突然「警戒警報発令」のサイレンと共に作業中止になり、「家庭待機」ということで、校門で友だちと別れ、僕は一人で帰り道を急いだ。ちょうど、本河内底部水源池の水の流れ口付近に来たときだった。山の木々の葉がざわめき、水源池の水面が白波立って迫ってくるのと、山際の上に異様な速さでふくらんでいく銀白色の雲が目に入った。そのあとは物音が絶えたような静けさがやってきて、僕は道の側溝の中に飛び降りて、じっと身をひそめ、どうしたらいいのかわからない怖さを感じていた。しばらくして、物音のしない奇異な世界に飛び出し、いつ敵の飛行機が飛んでくるかもわからない不安に怯えながら、夢中になって、木々の葉に覆われた道を目指して走った。

その晩は、市街地のほうは暗い雲が低く垂れ下がり、それが赤紫色に映えて、街が燃えているのが見えた。原爆のことを、みんな「ピカ・ドン」と言い、「新型爆弾」と呼んでいた。工業学校に行っていた近所の友人が、無傷のまま山越えをして帰ってきたが、数日後には身体中の皮膚にいっぱい黒い斑点が出て、全身が膨れて腫れ上がり、亡くなってしまった。僕は彼に会いに行ったが、話はできずに寝姿だけを見て帰ってきたばかりだったのに……。

祖父は、「長崎駅から先の浦上のほうには行くんじゃないぞ」と、孫である僕たち兄弟に言い含めた。四二歳の父は「赤紙（召集令状）」が来て、もう一年以上家におらず、そのため僕たちは祖父に守られて暮らしていたのだった。

原爆が落とされてからは、怪我もしていないのに「奇病」のように人が死ぬとか、熱風でひどい火傷になるから気をつけろとか、いろいろな噂が囁かれていた。夏だというのに厚手の長袖の服をまとわされ、昼間でさえ子どもたちは防空壕に出入りする有様だった。

「終戦」を知ったのは、八月十五日の夕方だった。夏の陽が落ちて、涼風が流れる頃、小学校の先生をしていた隣の家の親戚の姉が、みんなで隣家の庭先で涼んでいたときにいきなり、「戦争はもう終わったってよ。日本がやめたんだって……」と言って教えてくれた。それを聞いてすぐに長袖の服を脱ぎ、裸になった僕は、爽やかな気分と、深く静まり返った山の緑に落ち着きを感じ、なんともいえない安心感に心が満たされて、「よかった……」と心の中でつぶやいた。その途端に、湿っぽい土の木の根の匂いが鼻にツンとして、いつまでも消えなかった。
「一億一心火の玉だ」とか、「一億玉砕までやり抜くぞ」などと言われていて、いつ戦争が果てるのかわからなかったが、「ピカ・ドン」でやっとポツダム宣言（無条件降服）を受諾し、戦争は終わったのだ――。

ここからは、小・中学校時代を振り返って、僕がどんな戦時中を生きてきたのかを思い出していってみたいと思う。

先に、学校工場での「無言」の額のことを書いたが、すでに小学校二年生のときにもこんなことがあった。教室の窓から見える外の景色を画用紙に描いたら、「山の線」は塗りつぶすように先生から注意されたのだ。それから、「カメラを肩にかけている人を見かけたら用心しなさい。〝スパイ〟かもしれませんからね」という噂話もあった。

小学校一年生のときは「学級学芸会」というものがあって、「こがね虫は金持ちだ」と童謡を歌いながら振りをつけて踊った。頭には虫や動物の飾りをつけて、先生がオルガンを弾いてくれた。僕がちょうど長い病欠が癒えて登校した頃のことだった。二、三年で音楽の思い出はない。

　四年生のときは、音楽や図工、体育、口頭作文（みんなの前で自分のことを発表する）や、日記、綴方、絵本を元に「紙芝居」を作って発表する朗読、といった多種多様な「表現活動」を体験することができた。また、四年生のときにはスケッチ大会というものにも出たことがあったのだが、それはとある広い会館の中で「張り子の虎」を描くというものだった。

　五年生になったら「国史」という教科が始まった。この教科で僕が一番苦手だったのは、「歴代天皇」の名前を棒暗記することだ。それから、神話としての国生み、国取りの戦《いくさ》物語や、国語読み方、修身の教科書とも併せて、自分たちの生活から離れて上からの生活心得・処世術としての心構えを培う感じの授業が多くなった。四年生のときの「林田ハマ先生」の授業から受けた、自分の生き方、考え方、感じ方を大事にするという経験のあとだけに、僕には馴染まないように感じられた。

　六年生になると、「国史」に代わって「地理」という教科があり、これはとてもわくわく感のある教科で、僕の中で「地図」というものへの憧れが生まれていった。まさに、空間認識が興味と共に拡大され、方向感覚、座標軸、原点といった地図の見方を手に入れていったように思う。今思うと、「国史」では時間認識を身につけていくことへの意識はあまりなかったのではないか。漠然とした、「昔、何かがあったのだ」という感じだけで。

僕が四年生のときに始まった太平洋戦争だが、猛進撃で東南アジアの国々・島々を占領し、「地図」の上に「日の丸の旗」を立てて、「勝った勝った」と言っていたのも、六年生の初め頃までだった。そのあとは、廃品回収といって、鉄くずや鍋釜などを地区別に集めて回ったり、松脂の採集が進められていった。五、六年生の頃は、音楽・図工などの教科の学習はしていなかった。体育は全校一斉に運動場で「天つき体操」をやったりしていたが、体操の授業は特別なかったように記憶している。学校行事としての「儀式」で歌う、歌の練習も、全校一斉でおこなっていた。巷では「軍歌」が大流行りだった。

「絵」や「音楽」は、人間の喜怒哀楽を一番よく表現する手段とされている。感情や情緒を声や色彩で表現し、楽器を使って演奏することは、まさに「手仕事」に類している。また、体操をすることは心と身体のバランス調整と、自分の生活を自分で切り開いていく力を養うことなので、一番大事な学習である。「体操・体育」は、リズム感、バランス感覚、瞬発力、機敏性、忍耐力、協調性、共感力を豊かにしていってくれるものだ。そしてそれらは、音楽や図工の学習と深く関わっている。気持ちや心や考えと、身体はつながっているのだ。ちょうど頭・胴・腕・脚がつながっているように、切り離せないものなのだ。そしてそのことは、人間が人間として生きていくことを根本的に支えていっている「モノ・コト」なのである。しかし戦時中は、これらの教科はほとんど顧みられなかった。

音楽はオルガンなどの伴奏に合わせて歌い、また楽器を弾いたり、弾きながら歌ったりする。絵を描くときは、いろいろな画材を使って、気持ちや考えを形にしていく。工作もそうだ。モノを作り出すためには「構想力」が働かねばならない。「手仕事」とされているものを通して、人は美感が豊かになっていくと同時に、手先の機能や感覚も鋭敏になり、作業実践における技術的思考や判断力を高めていくのだ。何のために何をどうする。するとどうなる。だからどうする。そして、何をどう感じるのか……という思考力が養われる。

これらのことは、自己の人間性の維持・発展にとって一番基礎的・基本的なことと言えるのではないかと思う。だが、一番大事な基礎・基本を学ぶべき小・中学校という時期に、「戦争」という時代に遭遇し、人間性を磨くための学習よりも、号令（命令）に従って行動するように教え込まれ、今持っている身体を鍛え、体力をつけるためだけに訓練していた（おなかはへっているのに……）。そうした集団行動、集団訓練の重視というのは、号令に従い、服従する精神へと人間を創り変えるためにしていたことだろう。

中学校には「配属将校」という軍人さんがいて、「教練」という学科を指導していた。「教練」でおこなっていたのは、「整列」「点呼」「気をつけ」「休め」「右向け右」「左向け左」「回れ右」「駆け足進め」「止まれ、一、二、三」そして「敬礼」「歩調とれ」「直れ」などの行動訓練。「巻脚絆」の着脱練習。また、「匍匐《ほふく》前進（地面に腹這いになって脚と腕で前に進む）」や、さらに「銃剣術」もやっていた。銃剣術は、「三八式歩兵銃」の先に短剣を取り付けた形の「木銃」を使って、藁で作った人形を突く訓練だ。これは白兵戦を想定してのもののようだったが、実際の戦争は空から爆弾が降ってきて、遠くから機関銃の弾が飛んでくるということを考えると、「人は人を殺してはいけない」という〝掟〟を常識としている者たちに、「戦争は、敵を殺さねば自分が殺される。だから殺す」という気構えを持たせるためだったのだろうか……。と、僕らは学校でこんなことをしていたのだ。

また、毎月八日は「大詔奉戴日（太平洋戦争開戦の詔勅が出された十二月八日を記念日としたもの）」で、この日は朝から学年別に分かれて近くの神社に長蛇の列をなして「必勝祈願」の参拝に行っていた。これも当時の大人たちの〝正気〟だったのだ。「家屋疎開」も、「児童疎開」も、「天上板をはぐ」のも、「バケツリレーの消火訓練」も、「畑一面の白い鉄砲百合は目立つので切り捨てよ」というのも、大人たちはみんな〝正気〟でやっていたのだ。

中学二年生になると、「学徒動員令」に基づき、二年生も授業中止になって「学校工場」での勤労奉仕が始まった。そのため「教練」とはお別れできた。

思い返すと、中学校に入学するために試験を受け、合格したのはよかったが、これまでずっと短ズボンで過ごしてきたので、長ズボンをはいたときの「ヤボッタイ感じ」が忘れられない。が、それが僕にとって大人への一里塚だったのかもしれない。小学校の六年間は男女混成の学級だったが、旧制中学に入学すると男ばかりで、先生も男性ばかり。それがかなり異様に感じた。しかし、「漢文」や「国語文法」の勉強、また「英語」という外国の言葉を学ぶフレッシュさはあった。厚い「漢和大辞典」で漢字の意味を調べながら、漢文を読む練習を、小さい文字の「送り仮名」や「返り点」に注意しつつやっていたことが懐かしい。だが、「英語」は敵国言語ということで、日常会話の中では使わないような時代だった。

戦争で、日本が次第に追い詰められてくるように感じたのは、中学一年生の秋頃だったと思う。ちょうど国語の授業中に、「東京方面に敵機襲来の模様」ということで、学校のすぐ近くの山の中に全校生徒が避難するということがあった。いよいよ本土が狙われるようになったのだ、という実感を持ったときだった。

戦争とは、まさにこのように、人間が人間らしく生きてゆこうとする意志とその力を削いでいくと同時に、生命が危険に晒されていくものだと思う。そこで思い出すのが、高畑勲さんの著書『君が戦争を欲しないならば』（岩波書店）だ。この中に、フランスの国民的詩人とうたわれた人の言葉がある。

「もし、君が戦争を欲しないならば、繕いなさい平和を！」という警句だ。「繕いなさい平和を」という部分をどう解釈したらいいのか、それが問題だ。「繕う」ということは「直す」こと、あるいは「整える」ということ。「繕わなければならないような平和を繕いなさい」と言えば、一応考える手がかりが見つかる。つまり、一つは戦争の原因へ向かう考えと、もう一つは、戦争のない現状の平和とは何かということの考え、ということ。

それが何かというと、まず差別や偏見、抑圧と貧困の問題がある。この非人間的状態や状況を、人間として自由に生きていける世界へと「整える」努力を、今すぐ始めなさい、と理解するとすれば、戦争のために戦うのではなく、平和のために、力を合わせてそのような非人間的なものと闘いなさい、と解釈することができると思う。そのために重要なことは、それぞれが自分の思いを、相手にどう伝えるか、そして伝え合うことができるかどうか、それが一番の問題になるのではないかと思う。

「繕いなさい平和を」という言葉の中には、平和のために闘う覚悟が試されているのだ。そのための実行力としての、自己表現力の重要さが問われているわけである。

第二章

共感する心

生きていく道を

日本は一九三一年に満州事変を引き起こして以来、アジアの地で侵略戦争を続け、太平洋戦争終戦までの十五年もの長きにわたる戦争に国民を引きずり込んでいった。一九三二年生まれの僕は、幼少期はすべて〝戦争の中〟だったのだ。

「終戦」は、たちまちのうちに僕たちを自由の身にしていった。敵国語として禁じられていた英語は「英会話ブーム」となって、日本の社会を雨後の筍のように席巻していき、書店には分厚い「英会話辞典」や、ポケットサイズの英会話本が山積みされた。

そうした英語熱を受けてか、長崎でも一九五〇年度からの開校を目指した「外国語短期大学」が発足する運びとなった。それはちょうど、僕が四年制大学の受験に失敗して、浪人するかどうか迷っているときだった。僕は数学、物理、化学、生物は得意科目だったが、英語は苦手だった。文法はまずまずだったが、語彙力が不足していたのだ。僕自身は浪人を希望していたが、父親から、「あとがつかえてしまうし、子どもが多いから、一年でも早く働いて家計を助けてもらいたい」という主旨の話をされ（父は四十二歳での「赤紙召集」で戦地に赴き、終戦で復員したが、結核を患って、身体が丈夫なほうではなかった）、「ひとまず、開校予定の外語短大の『英語・英文学科』を受検してはどうか」という意見に同意し、受検してみることにした。そこで運よく合格して入学することになる。そして、短大に通う二年間のうちに、進路を決めなければならない。

入学してみると、東君というすごい人がいた。彼は毎朝「英字新聞」を読んで、それをみんなに翻訳して聞かせ、解説してくれるのだ。これは僕にとてもやる気を起こさせてくれた出来事で、刺激的だった。

二年間の履修課程と、その間の二週間の「教育実習」を体験すると、「二級・英語教員免許状」（中学校英語教員免許状）を取得することができるようになっていた。

先の東君は、「商社に勤めていたが、短大卒の資格を取るために入学した」とのことで、年齢も僕よりずっと上だった。諫早から来ていた一人は、「二年後に医学部を受験するために入学してきた」と言い、友だちだった木多君は「通訳」になるのが希望だった。僕は、二年後の卒業時点で、どこか働くところがあればそのときに決めるとして、とりあえず英語・英文学の学習に集中することを志していた。

ところが、卒業する前に進路は突然やってきた。それは中学校での二週間の「教育実習」の初日のことだった。実習を指導して下さる先生の学級に案内されて、生徒たちに紹介され、次に僕が自己紹介をしたとき、席についている生徒たちの注目する視線、穏やかな表情の中に煌めくような優しい眼差し、そして身動きもせずこちらを見つめる姿に、僕は魅了されたのだ。その純心さに、僕の心はすっかり射られ、打たれたのだった。

この二週間の教育実習を通して、僕の気持ちは自分の旧制中学時代を振り返っていた。戦中と戦後の転換期に遭遇し、毎学期のように「教科書」(表紙も中味も同じザラ紙でホッチキス止めだった)が替わって最初から始めるので、教科書の終わりまで全部学べずに次の学年に進む、という混乱の中で過ごした。一、二年生をきちんとやっていないで、三年、四年となっていったわけだから、なおさらのことだ。そして僕が旧制中学五年生のときに「学制改革」があって「六・三・三・四」年制度に変わり、僕は新制高校二年生に編入となった。旧制中学や旧制高等女学校が統合されて、県立の新制高校が誕生していき、その年の十一月三日が「統合記念日」とされたのだった。

旧制中学三年、四年、五年と新制高校二年の三か年間は、僕は校内運動クラブの中のラグビー部のキャプテン（中一入学からの友人）から誘われて、対校試合のための練習で汗を流した。雨の日の試合などを思い出すが、もう一度、中学生の生徒たちと一緒に、中学時代を、さらに高校時代を学び直すことができたら、自分は何がわかって何がわかっていなかったのか、そして、自分はこれから何を学ばなければならないのか……。「先生」という仕事に就くと、そういうことができるのではないか、と密かな思いを抱くようになっていったのだった。

別れと出会い

短大を卒業する年の一九五二年も、いつか過ぎ去っていってしまうのではないか……そう思いながら、僕は農協で、農家に肥料を届ける配達助手のようなアルバイトをやっていた。学校で就職希望先への手続きをとってくれるような社会的システムがまだできていなかったのか、縁故を頼って履歴書を出していた。十月の末になってやっと、県庁の地方事務所から「面接」の通知が来た。

そこは新大工町のYMCAの建物の一室にあり、予定された出頭日に行くと、一人の男性職員がいて、本人確認のような面接が履歴書を見ながらおこなわれて、そのあとすぐに「試験問題」の用紙が示され、解答するように言われた。全問、難なく回答できて、その場で採点され、「中学校の教員として採用します」ということになり、

「辞令」というものを渡された。そして、「できるだけ早く、この学校に行って、校長先生に面会するようにしてください」と言われたのだった。その学校は、西彼杵郡公立岳南中学校。男性職員は、簡単に学校までの道順を教えてくださった。

部屋を一歩外に出たとき、「ああ、やっと俺も〝デモシカ先生〟の仲間になれたか！」と心の中で快哉を叫んだ。外は秋晴れのポカポカ日和だった。「あー、これで半年余りのアルバイトともお別れになるかあー」とも思った。

翌日、いつものように農協に出向き、会長さんに辞令をお見せして了解を得、「望みが叶えられてよかったじゃないか」と言葉をかけてもらった。そして、その日も夕方まで配達をして、事務所に帰ったら、事務員の方たちが「お別れの月見会」に誘ってくれて、みんなでリンゴを丸かじりしながら別れを惜しんでくれたのだった。「どんげん先生にならすとやろうかねぇ」とか、「生徒から好かれる先生になってくださいよ」などなど、たくさんの声をいただいた。

こうして農協のアルバイトに区切りをつけ、その翌日、僕は任地の中学校に向かうこととなった。

教えられた道順を思い出しながら、野母《のも》方面に行くバスに乗り、「布巻」という停留所で降りた。道はその先で二つに分かれていて、右は野母へ、左は為石《ためし》から川原へと続く道だと記憶している。左手には稲田の刈り取り跡の田んぼが広がり、右手には石綿を切り出した青緑色の岩肌が切り立つのを見ながら歩いていくと、「江上《えーがみ》」という停留所があり、別れ道が大きく広がっていた。僕の行く道は、海へと流れ下る川沿いに延びていて、しばらくすると左手前方に学校らしい建物が見えてきた。橋を渡るとそこは運動場で、校舎はその奥まった土堤の上にL字型に建っていた。

校長先生は立派な体格の方で、柔道家だった。学校は、蚊焼、川原、為石の三か村の組合立中学校というのが正式名称だった。

校長先生から、僕が住む長崎からは通勤することができず、校区内に下宿しなければならないと言われ、どうしようか……と一瞬ためらったが、「下宿の準備もあるだろうから、二、三日の余裕を見て来校するように」と申し渡され、さっそく、川原地区に住んでおられるという教務主任の方が、僕の下宿先を用意してくださり、案内してもらうことになった。

教員として出勤した最初の日は、「新人教師歓迎会」として、宿直室で「宴会」だった。僕は飲み慣れない酒に酔いつぶれ、押し入れの下に頭を入れて寝ていた。ところがその翌朝は「新任紹介」のための「生徒集会（全校集会）」があったのだ。

まず校長先生が生徒たちに僕を紹介してくださり、そのあと校長から「台の上に上がるように」と合図され、上っていくと、「生徒たちに挨拶を」促された。どんな挨拶をするか、前もって何も考えてもいなかったが、なんとかやり過ごして、校長先生より一足先に台を下りていった僕は、まるで蝉の抜け殻みたいな気分だった。そのときどんなことを話したのか、一度も振り返ることもなかった。

子どもと、友と、先輩教師との出会い

僕が赴任した中学校は、三つの村の小学校をそれぞれ卒業した子どもたちが集まってくる学校で、言葉遣いは皆それぞれの村の方言丸出しだったので、僕は生徒たちが何を言っているのかを聞き取れなかった。たとえば、「私がするから」というのを、「ミイーがすっせに」といったように、だ。

僕は一年五組を担任し、一年生の数学の授業を受け持たされた。その頃は理数科の先生不足だったので、「仮免許」の申請をして、数学の教員として働くことになったのだ。中学の数学で困ることはなかったが、「どう教えるか」の経験はなかったので、子どもたちのやり方を見ながら「なぜ、そうしたのか、その理由を問う」ということを課題にしていった。同じ問題でもやり方が違う場合は、それぞれ比較検討するよう

に進めていった。基本はやはり、記号とその意味の関連の意識の重視であった。

しかし、だんだん時間が経っていくうちに、掛け算や割り算に欠かせない「九九」を暗記することにつまずいてしまっている子どもたちがいることに気づいた。この子どもたちをどうしたらいいのか……という切実な問題である。

次に気になったのは、先生から叱られている子どもをよく見かけるようになったことだ。なぜ叱られているのか詳しい理由はわからなかったが、「教師が叱れば、子どもは勉強がわかるようになるのか？」と僕は疑問に思い、新米教員として、子どもを叱らない教育をしなければ、と考えた。

年度が替わって、大卒の若い先生方が何人も赴任してこられた。その中の一人、理科担当の先生（仮にA先生としておこう）が、僕がちょうど宿直当番の日の放課後、宿直室にいたところに、「学校の図書室でこんな本を見つけましたよ」と言って、『叱らぬ教育の実践』（黎明書房）という本を差し出してくれた。著者は「霜田静志《せいし》」という人で、A・S・ニイルというイギリスの「自由な学校」を経営している教育学者の「実践」を、戦後日本に広く紹介している方だということだった。そして僕はそこではじめて「精神分析」という学問があるということを知った。A先生は大学のときに「自己分析」を受けてみようと思ったことがあったというから、霜田さんの本を他にも読んでいたのだろう。

これがきっかけになって、僕はA先生と何かにつけよく話し合うようになり、終生の友のようになっていった。『手に負えない子ども』や『自由と自律』といった本を手に話し合った思い出がある。戦時中に禁じられていた、自由や自律、自主、自立といった人間精神への目覚めに、僕は誘われていくのであった。新しい文化の創造が目指されていく中にいたのだと思う。

そして教育の面でも、「生活と学習の結合」の教育が重視され、模索されていた。生活そのものを教材として学習する「生活学習」や「生活綴方・作文教育」を通じて、人間と社会の関係を見つめ直し、変革する力と意志を養い、自主・自立・協力の精神と実践を学ぶことが強調されていった。

学級では「壁新聞」を編集・発行し、意見を交換したり、自主的・協力的活動を展開していった。また、「学級文集」や「学級通信」も編集・発行して、子どもたちの表現活動を推進し、子どもと家庭と教師との関係・連携を深めることを目指すなど、教科外の活動にも積極的に取り組んでいった。

このような活動を組織化していくことによって、学級内の子どもたちの関係が深まり、豊かになっていき、学習活動もまた積極的・協力的になっていった。さらには、学級担任間も交換し合うことで、友情の輪を広げるきっかけを作っていくことにも貢献していった。

あのニイルの本との出合いから、もうずいぶん経ったある日の放課後のことだ。A先生と「学級文集」を持ち寄って検討会をするうちに、日が暮れかかろうとする時間になり、会を終えて二人で職員室に戻ったところ、当直の先生が一人残っておられて仕事をされていた。職業家庭科の先生で、「実習田」の作業もしておられるので、その作業日誌をつけていらしたところだった。先生は僕ら二人に、

「遅くまで頑張って、何をしていたんですか？」

と声をかけてくださった。この先生には重度の脳性麻痺のお子さんがおられるのだ

が、そんなことはおくびにも出さず、学校では稲の栽培に励んでおられた。

先生に問われ、僕ら二人が日頃、学校・教育で感じたり考えたり実行していることを話す中で、先生は〝おくれた子どもの教育〟についての悩みを聞いてくださり、そしてこう教えてくださった。

「そういうことに関心があるのだったら、北松に、近藤益雄《えきお》という先生がおられるから、ぜひ会いに行かれたらいいですよ。きっと喜んで迎えてくださるでしょう。近藤先生は、校長職を返上して口石小学校の中に特殊学級を開いて、その担任をしておられる一方で、自費を投じて〝おくれた子ども〟の生活と学習の施設『のぎく学園』を設立された方です」

夏休みを待って準備し、僕とA先生は「のぎく学園」の近藤先生を訪問した。日帰りの予定が一泊二日の旅になり、そこで貴重な体験をすることになった。一番嬉しかったのは、近藤益雄さんという立派な「先輩教師」に出会えて、その謦咳に接することができたこと、それが何よりだった。それから、近藤先生はわざわざご自分の学校へ僕らを案内してくださり、ご自分の学級の教室に招き、たくさんの「自作の教具、教材」を見せながら説明をしてくださりもした。教室をあとにしたときは、帰りのバスの時刻も迫る頃だったが、夏休みにも家に帰れないでいる子どもたちと一緒に食堂で夕ごはんをいただき、夜は遅くまで先生の「実践記録」をいろいろと見せていただき、子どもと教育、家庭と学校、戦中と戦後の教育など、幅広い話題についてのお話をうかがうことができた。そして翌日の午前中は、当時、全国に名を馳せていた群馬県の「島小学校」の教育実践の出版物を一緒に見ながら、「教育原理」「教育方法論」についての多大な感想をいただくことができたのだった。

近藤先生は、戦時中は五島列島北部の小値賀島《おぢか》の小学校や女学校の教育に携わられて、熱心に「生活綴方教育」に取り組まれ、その「実践記録」を出版されて、同時に「句集」「歌集」「詩集」も編んでおられ、僕は岩波文庫にその詩集があるのをのちに知ることになった。また、先生の死後には『近藤益雄著作集』全八巻が出版された。

これらの「実践記録」を見るにつけ、夏休みに案内されて見た、近藤先生自作の「教材・教具」、そのときの驚きを思い出す。それは、子どもに理解させようとする課題そのものを、教師自身が、まず自分はどのようにしてどう理解しているのかの分析をしながら、それらを事物の形にして現すという思考操作をすることで、子どもを導こうとする、教師自身の想像的理解物なのだ。つまり、自分が自分の理解の仕方を学び直し、それを具体化することで、確かな自分を信じて、子どもと向き合うことができていくのではないか……と。それによって子どもを伸ばしていくことができたら、そのことを人にも伝えたくなるに違いない。

また、このような教育実践の中では、決して子どもへの「わかりましたか？」という強制力は働くことがないと思う。むしろ、「自分が子どもであった」ということの思いを抱くことはあるだろう。

近藤先生から学んだ〝教育観〟として、普通の子どもの教育の基礎的学習は、一般に「読み書き計算」から始まるが、〝おくれた子どもの教育〟の基礎的学習は「音楽・図工・体育」だ、ということがある。このことは、『文部省指導要領試案』という本の中の「特殊教育編」という論文で近藤先生が書いておられた。僕にとって近藤先生のこの言葉は、将来を共に歩んでいくことになる〝宝もの〟となっていく。つまり、「読み書き計算」と「音楽・図工・体育」との関連性の追究こそが、教育にとっての「本質的課題」であるという「仮説」を僕に与えてくれるものになったからである。子どもに携わっていくことは、実は何よりも自分自身の問題であるということを、近藤先生ははっきりさせられたのではないかと思う。


僕たちが近藤先生の「のぎく学園」を訪問する二、三年前、最初に赴任した学校の六年目の夏休み前のこと、本屋さんに注文していた『モンテーニュ随想録』が函《はこ》入り四巻セットで職員室の机の上に届いていたときのことを思い出す。授業を終えて職員室に戻ったら、隣の席の奥山先生から「ちょっと、ちょっと……」と声をかけられて、突然こんな質問をされたのだ。

「ちょっと尋ねますけど、先生は新人紹介のとき、全校生徒の前でどんな挨拶をされたか覚えておりますか？」

「いやー、そんなもん、覚えてなんかいるもんですか」

と僕が答えると、奥山先生は、

「じゃあ、私がお教えしましょう」

とおっしゃって、こう言われた。

「あのね、『僕は、自分が勉強するために学校の先生になってきました』ってね」

そして、こう付け加えられた。

「それを聞いたとき、自分が怠け者になっていることを恥ずかしく、つくづく思わされたのです。その机の上の本を一足先に見て、新人式の朝のことを思い出したのでした」

この『モンテーニュ随想録』には、モンテーニュの「自分のことについてのエッセー」がたくさん書かれているというので、読んでみたいと思って注文したのだが、奥山先生が僕のモンテーニュだったわけだ。

奥山先生は布巻というところに住んでおられ、奈良女子高等師範学校のご卒業で国語の先生だった。この学校では上席女教諭としていろいろな役を務めておられた。その後、僕が奥山先生のご長男を担任して以来、ご自宅を訪問したりして、お父様ともお話しする機会を得たりと、お近付きを得たのだった。

十年目の急展開

やがて岳南中学校から桜馬場中学校に転勤となったあと、教職に就いてから十年目にしてやっと、僕は英語教員として一年生を受け持つことになった。その間はほとんど数学教員として過ごしていて、英語は一クラスだけの調整役になっていたのだ。

しかし、本格的に英語教員の生活になった年度末に、校長先生から呼ばれ、僕は「ちえおくれの子の特殊学級」の担任の要請を受けることになった。

（注：現在「ちえおくれ（知恵遅れ）」という言葉は使用されず「知的障害」「発達障害」と言われます。また同様に「特殊学級」ではなく「特別支援学級」となります）

来年度から市内の小・中学校に「特殊学級」が設置されることになるので、今、教育委員会は、その学級を受け持ってくれる先生を確保するため、希望者をつのるように各校に要請しているとのこと。僕は関心はあったが、受け持つほどの自信と希望はなかったので、最初は「自分はまだそこまでいっていないので」とお断りしたが、指導内容や指導方法については、長崎大学の教育学部でおこなわれる「養護学校教員教育課程講座」を聴講する制度が設けられることになっていて、半年間、有給で研修ができ、それから学校現場に戻って担任することになる、と言われ、その半年間の研修に魅力を感じたので、「それではやってみます」と返事をしたのだった。すると校長先生は、「おそらく本校からの転勤になるだろうことは予測されるので、その心積もりでいてほしい」と付け加えられた。ここ桜馬場中学校にはすでに「特殊学級」が開設されていて、二人の先生が主に指導に当たっておられたのだ。

「能力別教育」の徹底を掲げる一方で、「すべての子どもに教育を受ける権利を、その能力に応じて」というのが当時の〝旗印〟であった。

桜馬場中学校から丸尾中学校へ転勤となったのは一九六三年四月のことで、予定どおり当初の半年間は研修に通った。通勤距離が遠くなったのは嫌だったが、半年間、学校から離れて新しいことを学ぶ機会を得たことは、かけ替えのない貴重な時間を与えられたと感じられ、心は次第に解放されていった。

〝おくれ〟とは何なのか。自分も決して〝進んだ人間〟だとは思ってもいないが、自分をそこから見直してみるのも決して無駄なことではなく、むしろ新たな価値が見出せれば幸いなことではないか、と自分に言い聞かせた。

新年度の始業式での「受け入れ態勢」の準備を整え、僕の代わりに半年間、学級を受け持ってくださる先生との顔合わせと引き継ぎをして、四月十日、長崎大学の「養護学校教員教育課程講座」の開講の日を迎えた。聴講生は全部で十人いた。その中に、近藤益雄先生の二男で小学校の先生をされている原理《げんり》さんも見えていて、以後、ますます親交を深めていくことになった。

講座が始まると、これまで僕には関心のなかった「大脳生理学」「精神病理学」「異常児教育学」「生活教育原理」「統計学」、そして「知能測定法」の講義や実技を受けることになった。

「大脳生理学」や「知能測定法」などはさることながら、〝ちえおくれの子どもたち〟のことを「異常児」という概念の下で話を聞くのは、奇異に感じられた。特に「精神病理学」ときたらなおさらのことだ。「ちえおくれのおくれ」をどうみておられるのかと、みんな訝しげであった。

「知能」についての講義にはみんなも興味ありげで、僕は「ビネー」の名をはじめて知った。ビネー式知能検査の測定についての実技指導も行われて、これは楽しかった。知能検査それ自体は、言葉や記号で構成されたもので結局「知的な能力」を社会的一般的水準値からの偏差としてみていくわけで、子どもの文化的生活環境が大いに関わってくるのではないか。また、測定時の子どもの感情や情動の状態によっても違ってくるのではないか、といったことに気づいていった。

「モノ・コト」を知覚し、問いに対する知的操作をすばやく処理する能力としての機能概念が「知能」として測られるということだろうか。そうだとしたら〝おくれ〟というのは「知的処理能力」、つまり「問題解決能力」に問題があると考えられるのか。「WISC知能検査」では、「言語性」検査と「行動性」検査というように、二つの側面から「知能」の「傾向性」としてみるようになっている。これは、一方が学校学力的な面で、他方が生活行動的な面と関わっているとみていいのではないか。そう考えていくと、「知的能力」を伸ばしていくための具体的実践課題として、基礎的学習課題の問題が浮かび上がってくるのだ。

そこで気になるのが、「知能検査」の測定値が低い子どもを〝ちえおくれ〟と呼ぶのはなぜか？　という疑問だ。「知能」と「知恵」の区別と関連の問題を処理しなければならない。

知能とは、知性の程度、知性。知恵と才能の意。才能の才は素質、能は訓練で得た能力。

知性とは、知的能力。知覚を素として認識を作り上げる精神的諸機能。新しい状況に対して、本能的方法によらずに適応し、課題を解決する性質。

知恵・智慧とは、物事の理をさとり、是非善悪を判断する心の作用。物事を思慮し、計画し、処理する力。智は決断の意で、慧はえらぶ意。（以上『広辞苑』を参考）

結局のところ〝ちえおくれ〟というのは、知性の程度が低いために、現実適応能力が劣るとみなされることを意味することだと考えられる。

子どもの知性の程度は「学校学力」で評価される。学校学力といえども、それは

「言葉の力」だ。誕生と共に、人は生きるために「言葉」を身につけていくことを始める。この自主的自律的精神力の発揮による母語の獲得こそが、その子のいわば「無限の可能性」を開いていく素になる力、能力であるはずだ。まずは日常生活に適応していくための「言語能力」として。そして、そうした具体的日常生活に適応する言語的な思考力を素にして、「学校学力」という、いわば「抽象的思考」言語を獲得しながら「知性」が身についていくものだと考えれば、〝ちえおくれ〟と呼ばれる子どもたちの知性の低迷さの原因がどこで起こっていくかを推察することができるのではないだろうか。生活年齢にふさわしい日常的生活が送れている子どもたちの、知的遅れの責任の一端は、家庭や生活環境における文化的生活面との関わりにあると思うが、学校生活環境との関わりにも深いと考えられる。

かくして、僕の十年目の急展開は、人間を見つめ、自分を見つめ直す心の旅となっていった。

人間とは、人間になっていくとは、どういうことか。そこに教育がどう位置づけられていけばいいのかと、問いは問いを生んでいくのだった。

新しい子どもたちと一緒に

半年間の聴講で新しい知識を学ぶことはできたが、学校現場に戻って、学級の子どもたちの前に立ったとき、この子どもたちに、何で、どう働きかけていったらいいのか、探しあぐねる始末だった。今さら「知能検査」でもあるまい。

しかし、教科書についていけなくなり、同学年の仲間たちから分離させられたうえに、「勉強ができないクラスの子」と陰では蔑まれているのではないかと慄きを覚え、劣等感に陥り、子どもたちは自分を見失っているのではないだろうか……と思うと、まずはそれからの解放をいかにするか、それこそが子どもたちを自由にしていくことになるのではないか、と思うのだった。

新しい学級の第一日目の第一校時の「授業」は、本の読み聞かせから始めることにした僕は、大川悦生編『日本の民話』の第一話「ねずみのすもう」を準備した。その本を風呂敷に包んで、教室の教卓の上でおもむろに解いて出し、

「今日は、はじめての授業なので、これを読んで勉強します」

と言って始めたのだった。みんな面白がって聞いていた。

しかし、読み終わって、

「感想を出し合いましょう」

と言うと、みんな緊張してしまっている様子だ。

「じゃあ誰か？」

と誘っても、「何ば言えばよかと……？」と囁き合っている。

この「何ば言えばよかと」という言葉の中には、「感想とは何か」という「概念分析」が理解されていないことが表明されている。つまり、僕の質問にそういうふうに素直に反応してくれたことで、「感想とは何か」の勉強になっていったのだ。

「『感想』というのは、お話を聞いて、感じたこと、考えたこと、気づいたことを、お話の中から拾い出してみればいいのです。何が、いつ、どこで、何を、どうした、

それでどうなったか、それを自分はどう思うか、ということを言えばいいのです。それを言うには、面白かったこと、気がついたことは、どの部分だったか、つまり感動した部分を思い出して、そこの場面は、どこで、何が、どうして、どうなったので、自分はこう感じ、考え、思ったのです、と言えばいいのです」と。

そしてそこから、

「明日からの一校時は、今日学校から帰って明朝、学校に来るまでの間に、思ったこと、感じたこと、見たこと、聞いたこと、出来事を発表することにしようと思いますが、どうでしょう？」

という僕の提案に、みんな「いいです」となって、「生活学習」を始めていくことになった。

はじめのうちはみんな恥ずかしがっていたが、自分のことを話すのに慣れてくるにつれ、登校したら「ノート」に、自分が話そうと思うことを書き出して、それを見ながら伝えようとする子どもが出てきて、その子が上手に発表するのを聞き、真似る者が出てくるようになったので、西洋紙の四つ切りの大きさの紙を準備して、みんなでそれに下書きをして発表するようになっていった。そしてその紙は保管しておいて、のちに分類整理し、「学級新聞・はやおき新聞」「詩・文集・なんきんはぜ」の資料原稿に役立てていった。

ニュースを見聞きした社会的出来事の発表があったときは、次の時間にその出来事の新聞記事を読んで、何が、いつ、どこで、何をして、どうなった、それでどう思うか、という問いに答えることで、みんな出来事を理解していった。

それから、新聞に載っている「子どもの詩」や「俳句」を読んで、どんな情景を詠んだものかを話し合うこともしていった。それをきっかけに、僕が児童詩の本の中から季節の作品を選んで、放課後、教室の黒板に書き写しておいて、翌朝、登校してきた子どもたちはそれを四つ切りの紙に書き写し、自分の感想を一言書き添えるという、一校時の「生活学習」の時間に変化をつけていくようにもした。

また、みんなで図書室に行って、自分が読みたい本を借りてきて教室で読む活動にも挑戦した。まず取り組んだのは、「本の中の挿絵」を見て、その絵の部分のお話の個所を探して、「挿絵の説明をする」という課題だ。それができたら、画用紙に「挿絵」を描き写して、その画用紙を厚紙で裏打ちし、裏にはその絵の説明を書き、お話の「粗筋」になるような文に構成して、紙芝居として、それぞれがみんなの前で演じて読んで聞かせることへと発展させていった。中には、挿絵と挿絵の間に、必要な「挿絵」を「創作」しなければ話がわからなくなるのもあって、新たな「挿絵」にも挑戦していった。

さらには、これらのことと並行して、校舎の跡地の空地になっているところを耕して「学級園」を開き、花や野菜を育てながら「観察学習」をおこなっていった。教室の半分くらいの広さの畑を十二人で分けて、自分の「持ち場」を決め、世話をする。蒔いた小さな種子から双葉が、土の表面の薄皮のようになっている土を持ち上げて、その土の裂け目を押し上げる「手」のように芽を出してきたのを見た子どもたちは、「かわいい！」と叫んで感動するのだった。そしてそのときの気持ちを、自分が植えた花や野菜の成長過程に持ち続け、「水やり、土寄せ、支柱立て」と、優しい世話を続けた。

特に「キュウリの一生」を通しての観察記録は全員が取り組み、変化期を捉えた

「観察ノート」で、キュウリの「再生物語」を生み出していくことができた。この授業は「特殊教育地区別教育課程研究集会」の「研究授業」として演出・実践したものであり、そのときの指導主事の先生は、僕が旧制中学のときの「用器画（投影図法）」を習った先生だった。

また、この「学級園」活動の中では、「地図」の勉強にも取り組んだ。畑の様子を黒板に写しとっていくために、「地」と「図」の関連学習に取り組んだのだ。「縮図」と「方位（方角）」と「地図」の問題として、土地の長さや周囲の方角を、巻尺と磁石で測り、「縮尺の値」をいくらにしたら、黒板にどれくらいの大きさに描けるかを決めて、畑の枠を描き、そこに何をどのように植えているかを書き込んでいき、さらにそれを模造紙に写しとって、ベニヤ板に貼り、どこに何を蒔いてあるかを確かめる。発芽や本葉や茎の変化日などを記入（メモ）していく。そして、「地図」を読む。どこで何が作られ、生産されているのかなどを手がかりとして。

それから、長崎のお祭り「おくんち」にもらった「おこづかい」を、何にいくら使ったかの話し合いの中で、「曖昧さ」が目立っていることに気づいたので、「金銭出納簿」を学校の購買部から取り寄せ、こんな提案をした。

「これから、この『出納簿』に、『お金と関わった生活』を記録していくことにしよう。それを毎日続けることで、お金をいつ、何に、いくら使ったか、いくら残っているか、自分が自分に教えてくれます。だからやってみよう」

お金と関わった生活を思い出すことで、一日の生活の流れが記憶にのぼるため、「記憶力」の強化にもなっていった。主に、朝の自由時間（登校して一校時前の学級活動が始まるまでの時間）に記帳することに決めて、毎月末には、使ったお金の分類・整理をして、自分の生活を振り返る頼りにしていったのだった。また、年度末には年間の集計に取り組み、何にいくら使ったか「比較検討」し、月の平均を出していった。それを基に、「学級ＰＴＡ」の折に、この「出納簿」による学習の経過を保護者の方々にお話しして、「予算生活」に向けての提案を行い、実行していく協力を得たのだった。

それをおこなっていくと、当然のことながら「出納簿」の記入の仕方も変わっていき、「もらったお金」「使ったお金」「残っているお金」といった「全体と部分」の関係が意識できるようになり、何に使ったほうがいいかの選択や価値判断をしながら生活ができるようになっていった。子どもたちの、休みの日に街に出かけたときの「買い物」の話の中に、「比較」し「選択」する会話を耳にするようになったのだ。

この「出納簿」の集計は、算盤を使っての演算で、掛け算・割り算は、筆算でやっていた。

折しも、このような生活を学ぶ教育のあり方は、「中教審答申」を受けて大きく変わっていき、「能力主義教育の徹底と同時に、教育内容を科学教育の充実へ」と転換していった。例えば、これまでの「職業・家庭科」教科書が、「技術・家庭科」の教科書へと変わるように、これからの教育方針は、「生活と教育の結合原則」から、「科学と教育の結合原則」とするものへと転換していくことになるのだった。

それでも子どもの事実に則して

　この「生活と教育の結合原則」から「科学と教育の結合原則」への転換をどう受け止めていったらいいのか、現場は問われていた。教育のあり方をもっと科学的にして、「科学する心」を持った子どもを育てるようにするというのか。それとも「学問的体系的知識」を持つ子どもを育てるようにということなのか。両者の関連はどうなっているのだろうか。共通する問題は何だろうか。そういうことが気にかかった。

「科学する心」は、個別の問題の解決を目指して、その動機と追究するための手段と方法を考え、一定の条件下で変化の実態を捉え、原因を定式化しようとする精神的働きをいうだろう。「系統的知識」の獲得は、原因追究の結果とされる物事の連続的展開をたどり直し、発展の道筋を確認し、現在の問題を新たに発見しようとするための学習につながるものではないだろうか。

科学による系統的な知識を教えることを教育と考えるのであれば、僕の学級のような子どもたちは、ますます疎外された者になっていかざるを得ない。せめて、物事を科学的に見つめ、考えるための教育ということであれば、〝おくれた子ども〟であっても「立つ瀬」があるのではないだろうか。そのための準備さえ整えることができれば、と思った。

「科学とは、概念の分析から始まる」という言葉がある〈理論物理学者・武谷三男著『科学と技術』〈勁草書房〉より〉。「技術とは、人間の技能の言語的表現である」とも書かれている。技能というのは、身体的感覚や運動機能によって、行為・行動することと、その能力のこと。その何かをするときの感覚や身のこなし方の標準的な言い方で、行為・行動するときの「仕方」を言葉で表現したものを、「技術」と捉えている。ここに「技能」―「技術」―「科学」の関連性と、それぞれの固有性の意識を見るのだった。

教育方針が転換されていく中で〝おくれた子どもの教育〟を考えるチャンスが二度

訪れた。一つは、僕が所属する「長障研教育サークル」での「昆虫学習図鑑」をめぐる問題のとき。もう一つは、ある雑誌に載った作家・水上勉さんのエッセー、「生きるということ」を読んで。そのエッセーの中には〝いのちの架け橋〟の話が二つ語られていて、現代社会における人間と環境、いのちと人工環境の問題が論じられていた。一つは、谷川の向こうの深田に通うための素朴な丸太橋のこと。もう一つは、名古屋の熱田にある精進川の裁断橋を架けた人の物語だ。

丸太橋は、水上家の家族のいのちを守っていくために、母が架けた椎の木の丸太橋のこと。裁断橋というのは、その昔、秀吉に従って小田原合戦に出陣して死んだ堀尾金助という若者の三十三回忌の供養のために母が架けた橋である。

さて、先の「長障研教育サークル」での「昆虫学習図鑑」をめぐる問題というのは、「〝おくれた子ども〟にも、科学的知識を学ぶ権利を保障しなければならないのではないか」という発想で、「トンボ」の話が出された。

その図鑑には、トンボには頭と胸と胴体と尻尾があって、脚と羽が生えていること、脚が何本、羽が何枚と、「分解図」として描かれていた。しかし、トンボの身体を勝手にばらばらにしてしまっては、トンボの死体検視をしているようであり、それらをつなぎ合わせればトンボになって飛んでいくわけでもなく、「それではそれは何なのか?」と問われれば、答に窮するのではないか。僕は、「やはり、トンボは生き物として教えていくのが、子どもにとって大事なことではないか」と思い、先の水上勉さんのエッセー「生きるということ」を読むことを提案した。この日の「討議資料」として、前もって準備し、当日のサークルに提出していたものだった。

「昆虫図鑑」の知識を教えることが、子どもが生きていく〝架け橋〟として生かされていくのかどうか疑問である、という問題提起だ。

トンボを、まずは生き物として捉えるところから発想していくと、何を食べているのだろうか? トンボの口はどうなっているのだろうか? どんなところでどうやって眠っているのだろうか? そんな自然な問いかけが、トンボについての学習の動機づけの例として考えられるのではないか。短く細い脚に、長い広い羽を持っているのはどうしてだろう? とか、ヒトとの比較のうちにトンボについて自然と学ぶことが、生き物とその自然環境との関わりに気づくことになり、〝生きること〟を学んでいくことになっていくのではないか、と。

そして、この教育の基本方針の転換期を境にして、僕は「長障研教育サークル」から離れて、学校の中で直接〝おくれた子ども〟に携わる同僚と共に、協働実践に取り組むことになっていったのである。

最初に取り組んだのが、「デージーの移植」という作業だった。

〝おくれた子ども〟の中学校段階では、「音楽・美術・体育」を通じての「感覚機能訓練」の発展的課題として、「職業・家庭科」を補う形で、多種多様な「作業学習」への取り組みが一般に試みられていた。僕のいた学校では、四月の新入生の全学級に「デージー」を一鉢ずつ贈って歓迎する取り組みがあり、〝おくれた子どもたち〟がそのデージーを育てていたのだ。

移植をおこなうのは、寒くなり始めの十月下旬だった（この年度には、新入生だけでなく全校全学級にデージーを配るようになっていた）。

一、作業学習を始める前の段取り

（1）苗床：種子を蒔いた長方形の浅い箱の中で、本葉五、六枚に成長したデージー
（2）移植場所：日当たりのよい畑を耕して、平らにしておく
（3）株間の間隔：尺竹（畝列と畝幅のためのロープ）

二、本日の作業の進め方についての学習
（1）苗床から、双葉と本葉五、六枚に成長し、白い根が四、五センチ伸びた苗を四、五本手のひらに受け取り、畑に移動する。尺竹を一本取る
（2）一本のロープの張られたすぐ手前の畑に、人差し指で、植えるための「穴」をあける
（3）苗を持つときは、双葉の一枚の葉を、親指と人差し指でつまんで持ち上げる
（4）白い根を「穴」にそうっと入れていき、つまんだ双葉の指が土に触れたら止めて、「穴」をふさぐように指先で土を根元に寄せていき、軽く根元の土を押さえる

（5）植え終わったら、双葉が見えているかを確かめ、次を植える
（6）受け取った苗を全部植え終わったら、次の人と代わる
（7）全員の植え付けが終わったら、散水をして、終了した畑の様子を見る

三、翌日に「移植作業」についての整理をする
（1）「昨日、移植作業をしましたが、みんなはどのようにして植えるのが一番いい植え方だと思いますか？」という問いに答えてもらう
（2）「一番いいと思う植え方として書かれたもの」を一覧表にして、発表する
（3）誰がどんなことに気をつけて植えていったかを見ていくことで、自分が気づいていなかったところを気づいていく。みんなが気をつけたところと、そうでないところを明らかにして、最後にみんなで「一番いいと思われる〝表現〟」を創り上げていく
（4）「〜するために、…しながら、〜をする」「〜するときは、—ではなく、〜をする」「〜するより—したほうがよい」等、一般的、定型化した表現へと導いてゆく

（5）最後に、「移植はなぜするのか？　なぜしたのだろう？」という「質問」
　　に答えてもらう
「苗床では、苗が密集して大きくなれないと思うので、だから移植をします」

「そうしたら、移植というのは、どういうことを言うのでしょう？」

「苗床から、広い畑に、苗を植え直すこと」

「どのように植え直すことですか？」

「固まって生えている苗を、一本ずつ分けて、株間を広げて植えることです」
四、「できる」と「わかる」と「生きる」を気づかせる
　このように、今自分たちがしていることを、「言葉」に変換していくこと。その「言葉」によって自分に目覚め、目覚めることで「したこと」を想像する。想像できることによって、自分の中に「自信」が芽生えてくる。それはなんといっても「共通の話題作り」。この場合は「一覧表」による「課題学習」あってのことだと思う。いかに「相互交流」を図るかにあるように思う。またその前に、〝おくれた子ども〟の「二学級」「三担人」だった三人の協力体制が、このような

結果をもたらしていくことができたのだと思う。

ちょうどこの実践をやった頃、市内の「特殊教育研究部会」の「研究テーマ」が、「教育課程の基礎」となるようなことについての話し合いをしている時だったので、研究部会で、「作業学習」のあり方として、「作業」と「学習」の「分離・結合」の問題を提案していくことになった。今までの「作業学習」といえば、材料を組み立てて作品を作り上げ、学習といえば、例えば紙箱作りなら、「図形」に関する「関連学習」をするという形だった。そこに、作業そのものの過程を「認識する学習」へと変えていく取り組みにしていったわけだ。

これまでは東・西・南・北の四地区に分かれて、どんな作業学習をするか話し合っていたのを、地区分けをやめて、年間行事の推進を担当する委員、教育課程を検討する委員、作業学習を検討する委員に分かれて、推進を図るような組織改革をし、それぞれの委員会で共通した主題に取り組むようにしていった。

この方式については、『美と集団の論理』（中井正一著・久野収編　中央公論社）の中の「委員会の論理」を読んでのことであった。「体育・体育祭委員会」「文化・学習発表会委員会」「教育課程検討委員会」「作業学習検討委員会」の四つの委員会組織ができた。

初年度は、これまで実践してきた作業学習がどういうものであったか、その実態を明らかにしていくことをテーマに掲げ、「研究集録」にまとめ上げていった。そして第二年次は、「子どもの作業特性、身体的運動機能・感覚の実態把握」をテーマにして、各委員会で調査研究し、「研究集録」にまとめる。第三年次は、「作業の特性とその言語表現の実態」がテーマ。第四年次は、「技能と技術の関連としての技術的表現の追究」をテーマにした実践研究。第五年次は、「作業技術の表現形成力の方法論的追究」をテーマとして、五か年間の「共同実践研究」のまとめをしていったのだった。

第五年次の「研究集録」の標題は、『作業学習実践論――教科教育以前』とし、「わかるとできると生きることの統一的実践の原型を模索する」という副題をつけた（以上は、当時の「研究集録」より）。

今、振り返ってみると、「作業学習」に取り組んでいったことは、子どもたちに

「モノ作りの精神を育む」ことをしていたのではないか、と遠い日の思い出が蘇ってくる。そして、今目の前にない「コト」を想像し、言葉にしていくということは、「子どもたちの空想力や想像力の素になる力を養う」という仕事をしていたのではなかったのか、と思うのだ。

「交流教育」という流れの中で

さて、時代が進むにつれて、子どもたちは「能力によって社会的に分離・収容」されていくのであったが、特に障害のある子どもを持っておられる親御さんにとって、自分の地域にある学校に就学させたい、できることなら隣近所の子どもたちが通う学校で学ばせたい、という希望があって、あっちでもこっちでもそうしたことが起きてくるようになった。そして、「交流学級」とか「交流教育」という言葉が生まれてくる。その反面、「いじめ」「いじめ自殺」「不登校」や「登校拒否」といった「子どもの反乱」が起こってきて、子ども社会が大人を巻き込んで騒然となっていく。「自由・民主」の世の中だというのに、「自由」だけが蔓延していて「民主」のほうは影もないかのよう。戦後民主主義教育の第一期世代としては訝しく思う。今の沖縄を見れば一目瞭然で、むしろ大人たちは民主主義を捨てたがっているように見える。それを許しているのは、本土に住むわれわれ日本人であることを思うと、民主主義の根付かなさが悔しく思われてならない。

先の戦争で、自由は抑圧され、命令され、号令に従わされるという隷従を生かされ、死戦をさまよう恐怖の経験のあとにやってきた民主主義。それを僕たちは何と習ったか？「これからは、国民による国民のための国民の政治が行われるようになるんだ」と。そして、「これからは戦争をしない文化国家として、この国を栄えさせていかねばならない」と。これが忘れられようか。

さらにそれに加えて、「これからは、物事は話し合いによって進められることになる。その話し合いのルールは『多数決』というもので、賛成者の多い方の意見が採用され、それをみんなで実現するよう、一致協力していかねばならない。しかし、少数者の意見にも耳を傾け、尊重しなければならない」と。僕はこの、多数決と少数意見の尊重の組み合わせというのが不思議でならなかった。「決まったら多数も少数もなく一致協力して対処するのだ」ということと、「少数意見を尊重する」ということが、どうすれば両立できるのか？　という疑問を払拭することができなかった。むしろ、少数意見を尊重するどころか、たちまち強制に追い込む多数の横暴の隠れ蓑になっているのではないのか、と思うのだった。

ところが、教員になってしばらくした頃だったか、ずっとあとだったか、民間の教育研究集会に参加するようになって、「ひとりはみんなのために、みんなはひとりのために」という「合言葉」を聞くようになった。そこで僕は「多数決と少数意見の尊重」を思い出したのだ。この、「みんなはひとりのために」こそが「少数意見の尊重」に見合っているのではないか、と。そして、「ひとりはみんなのために、みんなはひとりのために」には「相互扶助」の精神がよく表れており、一方が他方の、他方が一方の前提的条件になって、完結した表現になっていて、生活空間そのものを温かいものに感じさせられる、と。けれども、この表現全体は、それぞれ異なる生活場面の時空間をつないでいるものとしての統一的表現になっている。そう考えると、「多数決と少数意見の尊重」は、生活の中の相異なる時空間の統一的表現として表すことに失敗していると言える。

その後、ルソーの『エミール』という本の流行もあって、ルソーの『社会契約論』なども読む機会があった。そこにはルソーの目指す社会の姿が描き出されていたが、それが、「ひとりはみんなのために――」よりもっと鋭いというか、僕はとにかく驚きの目で読んでいった。「自分も生きて、ひとも生きる」そんな社会。まさにそれは、今われわれが住んでいる社会ではないか。これは「相互扶助」から「創造的扶助」への転換ではないのか、という驚きだった。

思えば、「生活と教育の結合原則」から「科学と教育の結合原則」へと変動していく中で、「能力主義教育」が貫徹されていったわけだが、果たして「創造的教育」は行われていったのだろうか？　創造的生活を送るには、やはり自分たちの置かれている「場」を見つめ直す取り組みが欠かせないのではないだろうか。ましてや「交流教育」を進めていくに当たっては、「他人の痛みや苦しみ」を感受する豊かな感性が求められると同時に、他者との共生を生きていく具体的な覚悟と意志と方法意識を見出しながら生活していかなければならないのだから。これは意識の変革と創造性が問われることだと思うのだ。

われわれの社会は「法」によって運営されている。では、「法」とは何だろう？「法」はいつ生まれたのだろうか？　ものの本によると、「悩める困った一人の人間を救うために、社会的に救済するために〝法〟は生まれたのだ」となっている。そうだとすると、「少数意見の尊重」というのはこのことを言っているのか、と思えてくる。つまりこの社会は、そういうことの約束のうえで、このことの前提の上で、「生活問題解決のために、とりあえず多数決でやっていく」というのが、「話し合いのルール」としての意義が見出されるのではないだろうか、と思うのだ。

これまで、くどくどと、仲間づくり、集団づくりの方法としての「ルール」というものにこだわってきたが、この項をまとめるに当たって、「自分も生きて、みんなも生きる」そんな出来事の紹介をもって結びにしたいと思う。

それは「交流学級」の中の出来事だ。ある年の年度初めの四月になっても、「特殊学級」に入級してくる子どもがいなくて、在級生一人だけという事態になった。小さい頃に熱病にかかり、脳性麻痺の後遺症のある三年生で、言葉の発達に遅れが目立ち、走るのが苦手な子どもだった。仲間が一人もおらず、「交歓」するということが仲間同士としてできなかったら、この子はどうなるのだろうかと思うと、なんとかして、学校に来たら気の許せる友だちがいるようにしてやらなければ、と気を揉むのだった。

　職員会議の結果、隣の教室の一年五組に入って、学校生活の大半を送ることができるような計らいになった。それで僕も一年五組の副担任となって、「交流学級」の学級経営に取り組むことになっていった。担任と協力しながら、「どうしていったら、この子に友だちができて、喜怒哀楽の生活が生まれ、学級のみんなが共に成長していくような学級づくりができるだろうか」と考えた。そのためには、この子の学校における生活環境であるクラスの子どもたちの心を、どうやってひらいて交流可能な状態を作り出していくか、だ。そのためにはまず、僕自身が自分の心を子どもたちにひらいていくことではないだろうか……。

　そこで、一年五組の子どもたちの誕生日の記録を調べると、一番早い四月生まれの子の誕生日はまだ過ぎていなかったので、「これで一番最初の子どもの誕生日からできるぞ」と決めて、忘れもしない四月二十九日から、「誕生日の子の紹介」というのを始めていったのだ。四月二十九日は、男の子と女の子が二人揃って同じ日に生まれていた。

朝、一校時の始まる前の十分間の学級活動の時間に、「今日が誕生日の子の紹介をします」と言ってみんなにその子の名を知らせ、その子に「誕生日を迎えた感想を一言」前に出て話してもらう。そのあとみんなが自由にその子に「メッセージ」を書いて、学級のポストに入れ、当人は朝の感想をメモして入れる。放課後、ポストからそれらを取り出し、編集して、「学級文集」にして発行する。その過程が「交流」を生むのだった。それは、自分たちの日常生活の一コマを自覚し、思い返していくことにほかならず、またそこに、子どもたちは新たな思いを感じ取っていくのだ。メッセージの中には、こんなものがあった。

「二人は、私たちの一番上のお兄さん、お姉さんです。そんな気持ちを忘れないでね」

微笑ましい感情の流れを感じる。

また、こんなこともあった。中学校生活の中で最初の「テスト」、それは一学期の中間テストだ。その最初のテストを体験した反省文の中に、「テストといわれても、何をどうしたらいいのか、要領がさっぱりわからなかった」というものがあって、調べてみるとその子は長男で、兄や姉もいない家庭の子どもだった。みんなの反省文も「学級文集」として読み合った。

一学期の期末テストではテスト対策の取り組みはできなかったが、体育大会や「平和壁新聞」作りに取り組んでいった子どもたちは、すっかり打ち解け合って、学級としてのまとまり感が生まれてきた。夏休み明けの球技大会では、自分たちで話し合って「H君（特殊学級の子）」をソフトボールのチームに誘ってくれて、「ピンチランナー」に起用し、コーチもしてくれるといったことが起こった。それでいて、このチームは球技大会で優勝したのだった。

二学期の期末テストからは、学級で「テスト対策」を講じることになった。「テスト時間割」が発表されると、各教科のテスト範囲が示されるので、その日の帰りの学活で僕の方で「テスト対策」についての主旨説明をし、対策に取り組む。

「このクラスで、数学の得意そうな人は誰ですか？」

と聞くと、みんながやがやと言い合っているうちに、手が挙がって誰かを指名してくれる。みんなのうなずく様子を見て、その名前を板書していく。テスト科目全体の名前が出揃ったら、

「板書された皆さんは、みんなの推薦で選ばれた〝小さな先生〟として、頑張ってもらいますので、どうぞよろしく」

と言って、さっそく「仕事」にかかってもらうことになる。

「テスト準備として、その重点項目を整理し、どんなことを復習したらいいか、西洋紙にまとめて持ってきてください」

と頼んだ。全テスト教科分が出来上がったら、それをクラス全員に印刷して配り、学習資料として活用していく。

〝小さい先生〟はみんな真剣に取り組んで、一両日のうちに立派にまとめをしてくれて、みんなに歓迎されたのだった。そしてテスト前の日々は、登校後の朝の自由時間に三々五々集まって、その「資料」片手に話し合ったり、黒板の前で数学の問題を解いたりして、教室の中の雰囲気が一変していった。そこには、お互いの信頼関係が醸

し出されているようだった。

障害のあるH君は、一年生から始めたピンポンができるようになっていたのが幸いした。休み時間に「特殊学級」の教室を一年五組に解放し、ピンポン台を開いて遊んでいたら、ピンポンをしにくる子どもたちと仲良しになって、「Hさん、Hさん」と呼ばれて一緒にゲームに参加して仲良くなっていった。中でもH君とマコト君は一番の仲良しになっていき、給食当番の仲間に入れてくれて、H君もみんなとの輪の中で給食を楽しんでいた。

秋の文化祭のとき、一年五組は「展示作品」を教室で発表することになった。自分たちの住んでいる「町の歴史」を十個の視点（十の班）で調べ、それを模造紙にまとめて展示するのだが、そのグループでも、H君はマコト君のグループにちゃんと入っていた。

「町の歴史」の十個の視点は、以下のようなものだ。

①東長崎の地図と合併の歴史（年表）　②東長崎における災害（台風洪水・疫病・

火事）史　③交通の発達・道の歴史　④焼物――現川《うつつがわ》焼の歴史と由来　⑤古賀炭鉱の歴史と由来　⑥戸石塩田の歴史と由来　⑦古賀人形の歴史と由来　⑧古賀植木の歴史と由来　⑨牧島の自然と歴史・戸石漁協の歴史と仕事　⑩東長崎三地区方言の比較（矢上・古賀・戸石）

H君は⑤のグループで、自分の家の近くにある炭鉱跡地を調べる班であった。

「交流学級」における「交流教育」という「教育実践」は、ちょうどコイルに誘導電流が発生するように、自分たちの生活活動を創造的に見直して取り組んでいくときに起こってくる変化の意識――他者の発見だったり、感動だったり、失敗や成功を振り返ったりする苦しみや喜び――を通して、それぞれが新しい自分を見出していく。そのような生活実践の創造に宿るものだと思う。

学校と社会／連帯と競争

二〇〇四年六月、佐世保の小学校で、六年生の女子児童が給食前の時間に同級生を別室に呼び出し、カッターナイフで首を切りつけて殺害するという事件が発生した。当時、事件の報道記事（朝日新聞）を読み、事件に関する記事の切り抜きを集め、自分の考えを冊子にまとめたものの一部をここに掲載しておく。

【主題】
『他律的に管理される競争世界から自律と共同による協力の関係世界へ』

【題材】

佐世保市立大久保小六年女児による同級生傷害致死事件、新聞報道から

【掲載項目】

1.「事件」の第一報とは

（1）概況　（2）社会的反響　（3）校内殺傷事件小史

2.「事件」の「命名」の仕方とは

（1）新聞の表現　（2）「十代初期の力」

3.触法少年と法務省、警察と少年法

（1）少年法の立場　（2）法務省の考え　（3）警察

4.報道は何に焦点化されたか

（1）動機・原因追究　（2）再発防止策

5.報道はどこに収束されたか

（1）被害少女の父親の手記　（2）加害女児の処遇

6．三者三様の考えと当事校の反応
（1）識者の登場　（2）市民の意見　（3）子どもたちの意見、その感想
（4）当事校の反応
7．自分自身のための覚書（疑問と感想）
（1）調査と少年法とマスコミ　（2）「心の教育」と「ネット教育」
（3）「交換ノート」・思春期・精神発達

【本文抜粋】

まえがき　――「足下の自分」として

佐世保市の大久保小学校という学校で起きた小学六年生による事件。長崎にいてこの「ニュース」を知ったのは、いつもの散歩に出かけようとして、ちょっと、配達された新聞の「朝刊」を手にしたときだった。

いましがた六年生になったばかりじゃないか。新学年の新学期といえば「学級づく

り」のスタート。やっとそれが軌道に乗り出すかと思う頃が「ゴールデン・ウィーク」。これで一旦は中断するものの、休みが明けたときはもうさわやかな五月の風。気分も一転して、新しい再出発に向かって滑り出していっているときだ。この一年にかけるいろんな思いが子どもたちの胸に去来し、仲間グループもできて一応の安定期。お互いの交流も次第に活発になっていくというのが、この時期ではないか。そんな自分の体験を思い起こしながら、散歩に出た。

歩きながら浮かんでくる。ある年の学級では連休明けの学校生活に、すでに子どもたちの中には、心にすさみが感じられるということもあったからなあ、一概には言えない。でもあのときは、他の、高学年生からの「いじめ」という外圧があってのことだったたから。「同級生同士」が「やり合った」というのでもなく、不思議な事件だ。

今度の場合、実際は見てないけど、一方が「呼び出し」をかけ（給食準備時間帯だ）、学級から誘い出し、別の「学習室」に入って行き、「カーテンを閉め」、その中でまるで「ゲーム」でもするかのように、他方の相手を坐らせ、「目隠し」をする、しない、をして、一方の手による「目隠し」のうちに「行為に及んだ」と聞く。もし、そうであるなら、この一方的やり方は、他方を「騙し討ち」にかけて「殺っ」てしまったことになる。誰がそんなところで、給食前に、そうやって「殺されるかも」ということを思い付くだろうか。ましてや、誕生して十年と一～二年しか生きていない子どもが、殺され「ねばならない」ことをした憶えもない子どもが、相手の「殺意」を感じとって「目隠し」をはねのけて立ち上がることをすることができるだろうか。「目隠し」それ自体が「ゲーム感覚」を相手に与え「安心感」という「騙し」の構造になっているのではないか。しかもそれを相手の背後からやって行くとは。それを思うとこのやり方の卑劣さがたまらなく憎い。そうやって「殺し」てしまうなんて絶対に許せないことだ。

ところがどうだろう。この出来事を新聞は「事件」としてどう呼んでいるだろうか。「六年生の御手洗怜美さん（12）が、同級生の女児（11）にカッターナイフで切られて死亡した事件」と長ったらしく、そしてどこまでも「死亡事件」へと限りなく矮小化されて行くではないか。それなら「御手洗怜美さん」なんて実名を出すな！　と言いたい。まるで「切られたぐらいで死んじゃった」そんな「死に方」だけが言われているようで、とても不公平な「事件」の言い表し方だと、不思議でならなかった（このことについては八月三日付「報道と人権委員会」〈同紙〉の「定例会」のようすを伝える記事が出たが、十一歳の『殺意』をどう扱うかに腐心し、現状追認の形だ）。

と、いうわけでその後の新聞報道の「姿勢」を見守ると同時に、この「事件」について社会はどのように反応していくのか新聞を通して見つめていきたい、という思いに駆られてゆくのだった。それが果たして自分自身に何をもたらすことになるか。予測だにできるものではなかったが。読みすすむことは、それが遥かな越し方の峠への眼差しになるとは……。

「事件」に関する記事の切り抜きは、一紙だけだけれども、六月二日〜六月三十日までの一ヶ月分。それを基にして「事件」に関する自分なりのまとめの「構成」を考え、結局はその「事件報道」に応えていく形をとっている。

だが、そこには限りなく遠い、かつての子どもたちの姿を垣間見る想いがある。なんとなれば、今日ある自分自身とは、「きびしい道へゆけ、さもなくんば人は人にあらず」ということを教えてくれたのが、ほかならない「障害児教育」という名の教室の中の子どもたちの姿だった。

「きびしい道」とは、「遠くを望む眼差しで、足下の自分をいま一度見つめ直すということである」と、自分では思っている。

果たして、これがどこまで行くことができているか、読者のご判断をもお待ちしたい。が、この身近な「学校での出来事」としての大「事件」を感受していくことに如何なる意味があるかを自らに問わねばならない。

「まだ電池がいっぱいあるのに、切られてしまった」という小学六年生の「子ども」の悲痛な叫び。それはすでに小さな肉体が死に招かれてしまったことを告げてはいる。

だが敢えて申し上げたい。

「このつたない文章は、怜美さん、怜美さんの冥福の祈りとして怜美さんに捧げる積もりは毛頭ありません」

「怜美さん、眠らないでください。この世の中が、子どもたちにとって真実の世界になるまで、決して眠らないでください。ずっと私たちの側に、共にいてくれることを願い、微力を尽くし書き記したものです」

私たちと共にいてくれんことを――。

＊

あとがき　――子どもたちに「感動と共感を」

新聞によって日常に生起する問題を「学ぶということ」を始めたのは、ちょうど四十年前の一九六四年十一月に、米国の原子力潜水艦「シードラゴン号」が佐世保港に入港するということが引き起こされた。それに対し、労働団体をはじめとする反対運動が起こった。それをめぐる「ニュース」を、子どもが拾ってきた一枚の「ビラ」を切っ掛けに子どもたちと取り組んだのが始まりだった。以来、「新聞学習」は「時事問題」を読みとっていくことを介して、自分たちの生きている社会を見る「視点」を見出したり、その読みとり方としての、「5W1H」の活用を身につけていった。

当時も今も「切り抜き」をして、凡そ月々の自分の関心や興味、社会の動きについて考え、まとめはしているものの、「事件」を追究していくというような今回のようなことは、現職を離れてからはなかった。今回、久しぶりにその一人旅に出たわけですが、なかなか思うように捗らない。

その理由の一つに、いつもなら、話を聞いてくれるという触媒としての子どもたちがいていろんな作用を及ぼしてくれていたが、今は常に自分に向かって反覆するだけだ。もう一つは「事件」そのものの「重み」に対し立ち向かっていく「問題意識」が、「事件の表層」に留まって、この社会のあり方まで迫っていくという「観点」に乏しいことに苛立ちを覚えるというせいだろうか。特に「子育て」「学校教育」といったものの成立の社会的条件、その背景等の現状を追究する必要が感じられてならないのである。

ともあれ、これまでのまとめをするに当たって、以下の方々に謝意を表したい。

事件報道に携わられた編集者・記者の皆様。

署名入り論考の先達の方々。

紙上に御登場の沢山の方々。尚御投稿の原稿を要約し使用する専一な失礼を詫び、お許しを乞いたい。

本文中に著作の引用をさせていただいた方々に感謝申し上げます。各々の皆様、ありがとうございました。

さて、学校という職場を離れてすでに久しい。その間の「教育実践」では逆に色んなことを教えられることでもあった。「事件」は再びそれを辿り直すことを求めるのである。

三十七年余の間に九校の学校を歴任させられたわけですが、教科学習で獲得された知識とその論理を、いかに日常の生活の中でそれぞれに見出し、それぞれの生活の質を見つめ直していくか。そういうことの架橋になるものは、「学級づくり」（自分たちの毎日の学習の場をどう創造するか、その形式と内容を共通に理解し、実践すること）をはじめとする活動を、いかに自分たちのもつ文化力で、新しい文化生活をめざす自分たち自身のものとして、組織し実践していくか。そういう体験をいかに経験させるかにかかっていたように思う。子どもたちはそういう活動の中にいて、自分自身の力と同時にその仲間たちの内に秘めた力を見出すと共に、自分にない力をもそれらの仲間のうちに見出し、魅せられていったものが沢山いた。そのため、当初は個々バラバラな集まりのように見えた子どもたちも、いろいろな色の糸で紡がれた織物のような面を土台にもった人の子の繋がりの山並の幾筋もの姿となって目に現れるようになる。子どもたちの繋がりを繋いでいるのは活動の中でお互いが出合う共通感覚としての情緒に他ならない。

学級活動やクラブ活動、学校あげての各学年別文化活動（歌や詩の朗読や演劇、スポーツ、芸術鑑賞などをふまえ、平和学習への取り組みなど）は、当然のこととして、「運動会」と「文化祭（学芸会）」という学校における二大行事の間にあった。また、夏休みと冬休みの後は必ず、子どもたちの「作品展示会」が行われ、子どもたちの「科学・芸術」への興味や関心が示されていった。さらに、域内の「連合作品展」などというものもあって、それらに参加作品を出品するなどの機会が開かれていた。そして、美術館や博物館、児童科学館の見学とか、映画を観に行くことだって行われていたのである。

もっと小規模な文化活動としては、「学級文集」づくり、「壁新聞」の発行から「学校新聞」の発行まであり、学級内の子どもたちの「誕生会」、それに暦にちなんでのいろんな行事、小さな学級「学芸会」があった。

しかし、現在はどうだろう。「授業時数の確保」で「行事」の縮小にあい、「わからない子」が多くなってきたから、「教える内容」を減らしたり、格下げしたりし、その反面、「パソコン授業」に象徴されるように「機器の操作技術」が「授業」として採り上げられている。それが出来ることが、子どもの社会適応性を高めるかのように励んでいるのが目立つ。知識より情報、情報操作。そういう価値観を自ずと子どもたちに教えているようだ。学校教育が、まさに「サービス産業化」されようとしているということの、これは「見本のようなもの」といってよいだろう。大人社会の欲望の下支え、補完作用の役割をはたさせられているわけである。

最近の「中学校義務教育費国庫負担金廃止」という提案が「三位一体改革」の中でなされたということの意味はなんだろうか。教育は、最早国家の事業ではないという方向を打ち出してきたということに違いない。ここでこの問題に深入りすることはできないが、教育という言葉の中味として、「人間性や人格」の「平和的な形成」や「個人」としての「尊厳性」をめざし、同時に「社会的連帯」をめざすという教育の国家的価値は、ここに実現されたからなのか、という反問が湧いてくる。

子どもたちはそれでもこの社会で生きていくしかない。その課題が変わるわけではないのである。子どもたちの「認識と関係性」の発達。それらを陰で支えている感情や情緒。そういうものが、子ども自身による上記のような諸活動を通して、それぞれの子どもが自らのうちに統一した感性として、自分の生きる世界を獲得していくのではないか。そして子どもは、再びその新しい地平へと、仲間と共に反覆したり前進したりしながらさらなる世界をめざしていくだろう。

この社会がそのように立ち向かっていく勇気と熱情を子どもの中に育てることが出来なかったら、この社会は子どもにとって「裏切り者」となってしまうのではないだろうか。

やっぱり、どこまでも子どもたちに、未来（希望）を語ることのできる「関係の場」＝「豊かな文化活動」の中の「共感」と「感動」の渦巻きを取り戻さなければ、と思う。それが何よりも、この社会において、子どもが自ら子ども時代を生き抜く力を身につけていくことができ、次の時代を生きる知恵になる。それでこそ、子どもは自らを守る、社会から。子どもを守るとか、子どもを大切にするということは、子どもに、その子ども時代としての、それにふさわしい人間世界が獲得されるよう、社会が総力をあげて準備し、保障していくことだと思う。

それがみたされて行くことを願わないではいられない。そういう体制が社会に実現されるよう力を合わせていきたい。

曼珠沙華・二題

1．写真より

〈生命の優しさ〉小庭の片隅の花たち

〈生命の力強さ〉花の生命は短いから

2. 詩より

曼珠沙華　――花が教えてくれたこと

生命《いのち》を大切にするということは
花の生命が短いということに気づくこと
人が花を切って、
花瓶に挿して愛でるのは
花の生命を惜しむことだということに
人が気づくこと
人が花を折っては、
髪に差し、ポケットにのぞかすのは
その花のような人になりたいと望むから許される
そういうことに気づくことが

人間が人間であることの証となる
ものごとの真実に気づき、それを行うことを
人間の尊厳性と、人は言う

大事なことは、
この人間の尊厳性を身につけること
子どもの生命の尊厳は、
子どもたちの、「つどい」の輪の中で生まれる
人は母の胎内に宿ったときから
この世の政治の磁場の中にいる
いかに、
人間の尊厳を基調とする政治が行われるか、
そのことが、一番大切なこと、になる

人は自分の身体を
なんとか守れるようになるが
人は決して生命を守ることはできない
生命は自然の贈りものだから、
自然のなすがままに
ゆだねて生きてゆくしかない
人は生命に手を貸すことも這いり込むことも
どうすることもできないのだ、ほんとうは
ただ一生懸命、花のように
それぞれの生命を生きるしかない
と、
曼珠沙華の一輪の花の生命は咲き誇ってる

映画を観ての感想・二題

一、映画『恋ごころ』を観て　――そのストーリー展開の面白さについて

あなたはどんな恋がしたいですか？　あなたにとっての恋の必須条件とは何ですか？　そう問いかけるものがあった。僕は映画を観た翌日の、薄暗い朝の木立の中の散歩道で、忽然と心に呼び込まれてしまうのだった。あの映画はそうだったのか、きっとそうに違いない、と快哉を叫ぶ。そう思うと、散歩の足が快調に進むのだった。

いつの世も絶えない男と女の中のもめごと、不倫。人間はどうしてかくも悩ましき存在になったのだろう。それはきっと、「一夫一婦制」という社会システムのせいではなかろうか。そんなこんなの男と女の世界で起こるだろういくつかの恋のパターン

を描きながら、一組の男と女の恋ごころを見事に成就させていく映画だったように思う。

劇団の看板女優と座長（劇団主宰者兼脚本家）との恋ごころをメインテーマにしながら、女性の嫉妬心や憎悪、拗ねるなどの身体表情・仕種で表現しつつ展開していく。しかもそれを劇中劇を折り込んでするという趣向の映画だ。そうした趣向が物語の展開を複雑にすると同時に深みのあるもの、リアリティーを持ったものにしたと思う。

劇は、まさに日常生活の抽象化であると同時に、それの具象化でもある。それだけに、ストーリー全体の進行にアクチュアリティーをもって観客に迫ってくるのだと思う。

スポットライトが当たるのだが、主にシルエット姿でのヒロインの登場は、実にヒロインの暗い心の表現として、非常に静かな幕開けだった。そしてアクションの少ない、ちょっと退屈気味な展開で心の中の描写が続く。そうした中でやっと物語の筋らしいものが現れてくるのを感じるのだった。

ヒロインは、「観客動員数が少ないのは、自分の演技力の貧しさにあるのではないか」と悩み、座長に申し訳ないという気持ち。そのやるせなさ。それに対して座長はなんとか励まそうとするが、その心は彼女の心に届かない。彼女が悩むのは、座長に対する恋心が、実は演技に集中できない理由ではないかと思っているからなのだろう。

ところが座長はといえば、もっと面白い奇抜な劇を用意したら、きっと観客に受けて、劇団の建て直しができるのではないかと思っているのだ。ここに、思惑の交差する〝恋ごころ〟の部分が見えてくる。そこを全体のストーリーの基本構造としながら、座長は本格的に図書館通いを始め、幻の脚本（物語か？）探しに没頭していく。

そしてそこに現れたのが、座長の仕事を助けることになる、研究論文の仕上げに忙しかった美貌の少女だ。二人には次第に〝恋ごころ〟が芽生えてきて、主従の関係を超えて愛し合うようになっていく。

その一方で、ヒロインは三年前に別れた男性（大学教授）と再会し、恋の決着をつけようとする。もう既に、教授には妻と呼べる人があるのに、教授は昔の恋に火がつく。教授も一旦はあきらめて会うことを拒否するのだが、ヒロインはきちんと話をつけたいと、教授の部屋を訪ねる。そこで、「帰れ！」と促されるが、それに逆らっているうちに、とうとうある物置の部屋に閉じ込められてしまう。しかしそこから天窓をこじ開けて、難なく脱出してしまう（ポスターの絵のシーン）。それを契機に、物語は急展開していく。対立する立場にありながらも、ヒロインと教授夫人が親しくなっていくのだ。

その教授夫人は、座長の仕事の助っ人役の少女の兄と名乗っている男と関係している。男は教授の留守中に入り込んで夫人と関係し合う。しかしその間、男は夫人のいわく付きの指環をすり替えてしまうのだ。そのことがわかって、ヒロインと教授夫人はある奇抜な作戦に出る。それが、三つの白い粉の入った瓶の中味の確認作業として、非常にアイディアにあふれた面白い展開を見せる。そこで指環が見つかるのだ。こうして指環は無事に所有者の元に戻るが、教授夫人はその高価な指環をヒロインに与えてしまう。

またその一方で、座長と少女の関係は、「幻の物語」の発見でいよいよ恋が成就するかと気をもんで、少女の母親は新たなお菓子作りに挑戦し歓待しようと精を出す。その期待も空しく、座長とヒロインの恋は、指環の一件を手に入れたことで（新しい脚本の上演を可能にする経済的条件が揃ったことの意)、一挙に盛り上がって花が咲くのであった。

そうそう。その前に大事な場面を忘れてしまうところだった。それは、大学教授と座長との「血を流さない決闘シーン」だ。このシーンは座長とヒロインの恋にとって、あとくされのない、よい関係としての成就が工夫された、観る者を楽しませてくれるシーンだと感心させられた。

ほんとうにピュアな恋の成就に拍手を送りたい気分になる。

それに、登場人物たちのコスチューム、とりわけヒロインのそれはフェルメールの絵の色彩を思わせる静かな幸福感に満ちたものとして、印象深く感じたことを付記しておきたいと思う。


(二〇〇二年八月十五日・木　記)

長崎セントラル劇場・二〇〇二年八月十四日(水)・一時三十分~四時

二、映画『ピエロの赤い鼻』を観て

逆説としての一瞬と永遠
または、一瞬の寛容が愛を救う

歴史を語るとは、勇気を鼓舞すること
映画『ピエロの赤い鼻』を観て——

（1）

いつかこうなるって、わかってたんじゃないのさ
とんだ偶然の連続がこの運を運んだのさ

（2）

おれの名はジャック、小学校で教えているんだけど

日曜毎にピエロを買って出てるんだ
舞台衣裳と小道具と、トランクに納め
そいつと、妻と二人の子を車に乗せて
町のお祭会場に出かけては
観客を楽しませ笑わせているんだ

（3）
だけど最近、息子のリュシアンときたら
出かけるぞ！　というときにもトイレの中だ
十四歳なのにじれったくて、仏頂面して乗ってくる
姉のフランソワーズはすまし顔でだんまりだ
妻のルイーズだけは愛情たっぷりの大らかさ
二人の子は、自分を笑い草にする父なんて、と思うかも

（4）
子どもたちのそれもそのはずとは思うけど
なぜ、日曜の朝が来るたびに
きまってピエロに変身しているか
今もって、おれは家族みんなに話せないのさ
勇気って、それ語れるもんなのか
身を挺するっていうことじゃないですか

（5）
いつかこうなるって、わかってたんじゃないのさ
とんだ偶然の連続がこの運を運んだのさ

（6）
親友のアンドレはしがない帽子屋だけど

おれとは大の親友で、恋のライバル同士
戦争末期と青春時代がパラレルで
おまけに故国フランスは、ドイツの軍政下
ラジオは叫ぶ、若者よ、レジスタンスを！

（7）
恋をレジスタンスで占うつもりじゃなかったが
敵の輸送列車を邪魔してやろうと本気で企み
アンドレが爆破装置係で、おれは見配り役
巧みにゴム銃の玉で見張兵を引き離し
ポイント切替所を闇夜の大爆発としゃれたのさ

（8）
恋人ルイーズの待つ酒場へと落ち合うと

手料理カスレ鍋を囲む祝杯の準備
至福の時が訪れようとするその刹那
入口の扉を蹴って入ってくる銃口のドイツ兵
どんでん返しの緊張と衝撃で震い立つ

(9)
万事休すと悔やんでも、後の祭と思いきや
連行先の目の前で、二人の若者が引き出され
一瞬われを疑い、おれたちは一体何だ
救いの神の現れにわれを忘れんばかり
恐怖の真犯人が、今や「人質」と目されたのだ

(10)
いつかこうなるって、わかってたんじゃないのさ

とんだ偶然の連続がこの運を運んだのさ

（11）
おっかなびっくりのうちに、車は軍の駐屯地内らしい
そこに待ち受けていたのは、なんと大口あけた大穴だ
灰白色に濡れた穴の底へ落とされた
敵の、犯人探しの「人質作戦」の罠なのだ
だが、自首者がいなけりゃ「人質射殺」が条件だと

（12）
おれとアンドレに、「人質の条件」は無情の限り
おれは若い二人の救出に「自首」を誓ったけど
哀しいかな、若者はおれとアンドレの「自白」を信じない
若い二人にとって、生命の貸し借りは重荷なのか

いやいや、われわれは憶病で平凡な男にしか見えんのだ

（13）
陽はいよいよ高く、空腹に苛まれる頃
大穴の渕に銃を担ぐ一人の兵士のシルエット
滑稽なジェスチャーをこれ見よがしに動くではないか
一旦は憤慨して見上げたけれど、この兵士
よくよく見ると、赤い鼻つけて、ピエロの芸だ

（14）
四人は見とれ、笑い声を立ててわれを忘れた
すると、手品のようにパンとリンゴを取り出して
次々と穴の中へ投げはじめるじゃないか
名をベルントと告げ、元々はサーカス一座のピエロだって

「生きてる限り、希望がある」って歌って去った

(15)
いつかこうなるって、わかってたんじゃないのさ
とんだ偶然の連続がこの運を運んだのさ

(16)
今さら「自白」を叫ぶ余裕などふっ飛んで
緊張の漲る穴の中、一発の銃声が壁にこだまし
見つめる足元の泥土の上に軽々しくもあの赤い鼻
ベルントはしくじったのかと拾い上げ、次はおれたちだ
と思う瞬間、意外な顛末、「処刑中止」の合図だ

(17)

大穴の壁に沿って太い一筋の真っ白のロープが入る
まだこわばった手足に力を込め、一筋の赤い血の流れを横目に
ざわめく兵士たちのその中に、やはり、彼らしい姿を見せる者もなく
ピエロが身代わりなのか、他に誰か犠牲者がいたか
地上の人心地は一瞬に消滅し、不可解な謎を抱く

(18)

いつかこうなるって、わかってたんじゃないのさ
とんだ偶然の連続がこの運を運んだのさ

(19)

嗚呼、何という不始末な若気のレジスタンスだったか
列車切替ポイントの詰所に、わが町の転轍士だと

聞けば大怪我で、もはや生い先短いわが生命と定め
なんとしても「人質」を助けたい一念で、奥さんを説得し
「自首」の申し立てで、「処刑場」の露と消えられたと

(20)
それでは彼の愛すべきピエロの死は余分なのか
軍隊とは「命令即服従」の関係秩序とは知りながら
将校の「構え！」の号令でとっさに赤い鼻を顔につけ
彼の銃口だけが、空に向かったままだったのさ、きっと
この身を挺した不服従が、われわれの生命にはじめの猶予をくれた

(21)
ありがとう！　どこまでも変わらぬピエロの愛を忘れないぞ
ありがとう！　ベルント、パリのサーカス一座のピエロのゾゾ

（22）
今日の公民館は人出で一杯じゃないか
おっ、あれはジャックの愛車じゃないか
久しぶりだ、ジャックのピエロの拝見といくか
みんなが笑ってるのに、あいつはうつむいてるぜ
なんだ君か、ジャックの息子じゃないか

（23）
リュシアン、帽子屋のアンドレだよ
なんでそんな浮かぬ顔してるんだよ

（24）
リュシアン、君は父さんのことで悩んでいるのかね
父さんが、日曜なのに休むことなく家族を引き連れ

町の人たちの楽しみと笑いに、なぜ身を挺するか
本当は、それが君は知りたいのじゃないのかね
そんなら、――父さんたちの「戦争体験」を語ってやろう

(25)
ほんとうはとても話しづらいことなんだけど
町の鉄道切替えポイントの忠実な転轍士の話から始めよう

(26)
父さんや僕の若い頃のフランスは、ドイツ軍の占領下だった
その頃、真夜中に町を通過していくドイツ軍の列車がいた
君の父さんとたった二人だけで、そいつを妨害してやろうと企んだ
そう、レジスタンスっていうやつ、ポイント切替所の爆破炎上だ
見張りのドイツ兵を巧みに巻いて、共同作戦は大成功だった

(27)

首尾一貫、抜かりのない夜襲だったと、
安堵の胸を撫で下ろす気分も束の間
祝杯を上げるつもりの酒場に銃口が突きつけられ
有無を言わせぬ強制連行で大穴の中に「人質」さ
犯人の「自白」を待つのに仕掛けられた罠にかけられたのだ

(28)

罠は制限時間が二十四時間、その間の「自白」が条件だった
「自首」がいなかったら「人質」の射殺で、もう生命はなかった
陽が空に昇る頃、町中は「大事件」のうわさで騒然
その陰で、犯人の身代わりを願う夫、それを叶えんと奔走する妻
この、無情の愛を受け止める寛容な心の持ち主がいたのだ

(29)
さっきポイント切替詰所の爆発の話をしただろう
そこに、それとは知らず、町の転轍士が夜の勤務についてたのさ
転轍士は爆風で大怪我をし、病院に運ばれたんだけど
生命だけはとり止めたが、治る見込みのない果敢なさを悟り
せめて「人質」になっている町の人たちの救出をと、懇願されたのだ

(30)
今、ここに僕と父さんが生けるのは、その方の町の人にかける誠の愛
わが夫の生命を生け贄に「人質」の生命を聴《ゆる》すその方がいたのだ

(31)
これはぜひ、もう一つだけ話しておきたいことがある
それはね、敵ながらあっぱれなドイツ兵の話なんだ

その男、僕らが「人質」の穴の中で腹を空かしているときだ
隠し持ってたパンとリンゴを手品のように取り出し、投げ入れ
歌まで歌って励ましてくれたんだ

（32）
ところが、「人質射殺」の瞬間に、彼の銃口だけが宙を向いていたんだ、ね
それを不服従の徴だと見た上官が、一発で仕留めたんだ
死んだ男はベルントといい、元はサーカス一座の有名なピエロのゾゾ
あの男、最後まで人を逸らさないで、「いま・ここ」を生きることに賭けたんだ
君の父さんの「赤い鼻」は「人質」の穴の中で拾ったそのピエロの鼻なんだ

（33）
父さんのピエロの芸は……
と、するとリュシアンは後ろも振り向かず会場めざし

会場の後方から、観客の拍手・喝采の向こうを張って
幕の前に挨拶に出てきた赤い鼻のピエロに向かい
「パ・パー！　ブラボー！」を叫ぶのだった

〈自作品の分析と解説〉

この作品は『ピエロの赤い鼻』という映画の主人公・小学校教師でピエロであるジャックの気持ちを中心に、それをなんとか詩的に表現しようと試みたものだ。非常に印象的で感動をくれた映画だった。それをジャックの視点でもう一度たどり直すことで、改めて確かめてみたい……それが動機だった。

この映画は、現在の主人公の日常生活をちょっとした短いエピソードとして提示しながら、その理由《わけ》を、過去の偶然の集積とする自分史風生活体験として、フラッシュバックする形で映像化していく。さらに、そのフラッシュバックが、現在の若者にどう歴史的真実を語り継ぐかという効果を期待しての筋書きの展開となる。

もちろんこの映画は、主人公が小学校の先生でいながら、なぜ毎週日曜日になるとピエロに変身してその活動に身を挺しているのか、その理由をリアルでアクチュアリティのある内容表現として追求し展開するのを主旋律にしているわけだが、いろいろなテーマが伏在しているのも事実だ。

それにつけても、帰らぬ過去をフラッシュバックするとき、今現在の主人公の気持ちをどういう基調にしてフラッシュバックしていくかという点は、どうしても捨て置けないのではないか。逆に言えば、主人公の現在の気持ちをどういう基調にするかということと、過去の出来事の価値表出・状況表出とはパラレルの関係にあるのではないかということだと思う。

実は、今度の作品過程では、その表現（主人公の今の気持ちの）を発見・獲得するまでに大変手間どって、時間を費やしてしまったことを正直に白状しておきたい。それが作品の第一連で、ジャックの現在の複雑な心境を総括する表現だと想像し、作品全体のいわば基調であると同時に、作品のリズムを生み出す〝バネ〟に使ったわけだ。

そして、第二、三、四の三つの連で今の具体的な心境としての事実関係を提示し、作品全体に対する導入部であると同時に、主人公が抱いている問題点の提示を行っているわけである。

第五連で同文反復をし、第六連から第九連では、レジスタンスとその顛末のドラマチックな推移を描き出す。そして第十連でまたもや運命を強調することで、改めて主人公の意識を促す。第十一連から第十四連は、穴の中での葛藤と、思わぬ出来事に生命の〝センタク〟を味わい、第十五連でまたもやリフレイン。第十六連と十七連で「人質」の運命を分ける逆転のドラマが。そしてまた、それを受ける主人公の気持ちのリフレイン。第十九連と二十連では、生命を賭した二人と人質の生命の関連に気づく主人公の判断と発見を。そして第二十一連で、ピエロへの感謝の念を捧げることに。

さて、この映画がここまでのドラマのうちで終わってしまうというのであれば、あまりに平凡すぎて、それこそ「人生は偶然のいたずらだ」という陳腐なものになっていただろう。それをそうでなくしたのが、親友アンドレの映画における役割ではなかったかと思う。

それで、第二十一連の次に、今度はアンドレの視点で作品の後半と締めくくりの表現を工夫することにした。それは、まさに第一連から第二十一連までのジャックの視点で見てきた世界を、アンドレが再話するという形での、父親世代が通った道で出合ったドラマを若者に伝える役目を果たすものに仕立て上げることだった。と同時に、その後半部と締めくくりの第二十二連から第三十三連のそれは、ジャックの視点で描き出された世界を、アンドレの視点で相対化して見せるというものになっている。

それを象徴するものとして、ジャックの視点ではピエロのドイツ兵のベルントに注目の視線が注がれているのに、アンドレの視点ではむしろ、ドイツ軍の生贄の犠牲として生命を果てた夫と、それを必死で聴《ゆる》した妻の意志と精神に視線が注がれているのだと思う。そこが、この映画の物語としての異化効果で、面白さを引き立て、深みを出しているところだといえる。

ところでこの映画、たとえ戦争の時代だとはいえ、自ら仕組んだ行為によってその時代の運命に翻弄され、絶対絶命のピンチを迎えることになるわけだ。つまり、自らの暴力が組織的強大な暴力の罠にはめられてしまったという物語の構造だが、それが子どもの遊具ゴム銃と駐屯地内の大穴とに象徴されているようで、「穴」とは何か改めて考えさせられるように思った。

が、それはそうと、この囚われの物語のほうは、大きく分けると二つの場面で構成されていたと思う。一つが、駐屯地内の大穴の内と外を中心とする展開場面。もう一つは、町の病院や広場に設定され展開される刑場の場面。しかしながら、主人公にとっては第二の場面に直接遭遇することはなく、もっぱら第一場面中心に動いたわけである。したがって、第二場面の展開は、主人公にとっては後日談という形式でしか語れないことになる。

物語では、この二場面が一本の連絡電話で結ばれる位置関係に置かれていて、「人質」の生命の運命と、身代わりの「生贄」の処刑との時間的緊密差が曖昧で、一種の綱渡り的設定になっているところがミソだ。

「人質」たちの囚われの設定時間は既に過ぎ、大穴のほうでは「処刑」にとりかかっているとき、町のほうでは「生贄」の処刑は既に済んでいたのではないか。「伝令」が入ったのはピエロの死の一瞬あとだったのだから。ということは、ピエロは本当は死ななくてもよかったのではないか。なぜなら、「生贄の処刑の確定」はそれ以前に十分すぎる時間で本隊に申し出られていたと見なさざるを得ないからだ。本隊と駐屯地との連絡の「時間差」が、ピエロの死の悲劇を生んだともいえる。と同時に、ピエロの死はおろか「人質」の生命はその条件どおり、少なくとも日の出と共に解放されてよかったのだ。

しかし、映像の論理は、この目に見えない強者たちの「時間差」(人質たちの切迫した緊張と解放の権利に対する鈍感さ)が、あたかも「人質」の生命の救出にとってピエロの死を「必要条件」として映し出し、「生贄」の処刑をその「十分条件」として映し出して見せてくれたのだと思う。

見事な演出というほかないだろう(強者はいつも弱者の時間を盗むということの見事な証明をやってのけているんだね、これが)。

そしてまた、ピエロの死を演出する過程において、「人質だって人間さ。人として遇されるべき存在だ」と言わんばかりにピエロの演技が映し出される。ここに反戦の意識が込められているのだ。つまりそこには、国境を超えた、人が人として直接出会うと同時に、人を人として遇することで人が人として生きているという実感を持ち、希望を蘇らせてくれるものがある。それは人類愛として自覚され、戦争はそれを阻害するものだと判断させられていくからだ。ピエロは人々の笑いをとることで、その愛を人々の心に蘇らせようとしていると見られる。

さて物語から下りて、自作品に戻ることにしよう。

アンドレによる父親世代の戦争体験を語るところでは、話の順序を逆にして、「生贄」の犠牲になられた町の転轍士の話を先にし、ドイツ兵のピエロの話へと続けることにした。その理由は、大人の立場として言いにくいことを先に言うことによって、若者に信頼して大人の話が聴いてもらえるのではないか、少なくとも心のつながりなしの語りは意味をなしていかないのではないか、と思ったからだ。ちょっと工夫をしてみた、ということだが、これが終末とのつながりを上手くつけてくれることになったように思う。そして、長い文字表現になんとか「メリ・ハリ」をつけることになり、中盤から終局にかけては前半とはリズムを変え、別のリズムで表現を盛り上げることにし、若者リュシアンの変身へとつないでいけたように思う。

とにかくはじめての試みだったので、実際にそのように出来上がっているかどうか不安はあるが、次回に期したいと思う。

（二〇〇五年二月十八日・午前）

〈この映画の問題提起とは何か、に触れて一言〉

軍隊は不寛容で成立する秩序、冗長性は禁物だ。人々は冗長性のうちに心のつながりを感じ、他者の存在に触れるのだと思う。今、人々は競争社会の中で、間違いの許されない生活に追い込まれ、他者を喪失し、同時に自分を見失って、生きている実感に乏しく、そのことに苛まれているのでは？　生活にいかに冗長さを取り戻すか、それが課題であろう。

おわりに――〝いのちの架け橋〟ということ

こうして米寿の時に佇んでみると、次から次へとまだ書き出されていないことが、点々と続いて思い出されてきます。その一連の思い出の中に、戦時態勢ではあったけれども〝至福の子ども時代〟ともいうべき時の思い出が蘇ってくるのを禁じえません。それは何かというと、「遊び」です。

ケン玉や、かけごま遊び。ケン玉は片方の手で、かけごまは両方の手で操る、身振り・手振りの術。全身全霊、それこそ夢中になって遊んだものです。最高難易度のゲームをやり終えるための集中力とリズミカルな動き、その身のさばきの美しさには、自他共に感動し合ったものです。まさに〝至福〟の時間……。

僕の少年時代には、いろいろな種類の遊び道具が、おこづかいで買えました。このことは、社会が子どもの存在を認め、子どもを見守ってくれていたと言えるのではないでしょうか。

夏は、「ねずみ島海水浴場」に「木札の入場券」を首にさげて行くと、子どもたちに水泳の指導をしてくれていました。僕も夏中そこに通い、泳ぎが上手になっていったのです。

学校から帰ると、みんなが集まってくる「観音堂」の前庭がありました。ジャンケンで組分けをしたり、鬼を決めたり、よく走り回ったし、かくれんぼうをしたり、本当にみんなとよく遊びました。

僕が住んでいる町は六つの集落で構成されているのですが、どの集落にも観音堂があって、今もなお春と秋には大祭がおこなわれています。僕たちが小学生の頃は、秋の大祭では、お堂の近くの大きな家に集落のお母さん方が集まって料理を作り、集落の子どもたちをお座敷に上げて、「箱膳」のごちそうを、小さい子を先に、大きい子たちをあとに、ふるまっていたのです。

観音堂が建てられた由来を聞くと、その昔、長崎市内に疫痢・赤痢などの伝染病が流行ったので、子どもが死ぬようなことが起こらないように、観音様をお祀りするようになったのだということでした。「千手千眼観世音菩薩様」が祀られているとのことです。「子は宝」と言われていた当時の集落の大人、親たちは、自分たちの子どもを見守りながらも、手の足りなさを感じとり、「仏」を祀り、仕事に励んでいたのでしょうか。

思えば、子どもにとって、ケン玉もかけごまも、またビー玉遊びも、子どもの遊びはすべて、子どもが子ども時代に生きられる〝いのちの架け橋〟の役を果たしてくれていたのではないでしょうか。

僕は、自分の来た道を振り返るとき、いくつもの偶然の出来事との出合いの中で、「選択」と「決断」の「時」を越えて次の「峰」へと進んできたことを思い出します。

それは、常に新しいものへの挑戦であったのです。

君にとって「青春」とは？　と問われれば、僕は言います。

「それは〝新しいものへの挑戦〟であり、生きる希望の〝いのちの架け橋〟を歩むことです」

本書は僕にとって、米寿の良き記念としてこれに勝る喜びはありません。これを〝青春の架け橋〟としていきたい思いです。

著者プロフィール
長岡 穂積（ながおか ほづみ）
1932年生まれ
長崎県出身、在住
1952年〜1990年　長崎県内の公立中学校教員
【既刊書】『三拍子への誘い』（編著／『三拍子への誘い』を出版する会／2015年刊）

米寿の雑感 記憶する身体・共感する心

2020年10月15日　初版第１刷発行

著　者　長岡 穂積
発行者　瓜谷 綱延
発行所　株式会社文芸社
〒160-0022　東京都新宿区新宿1－10－1
電話　03-5369-3060（代表）
03-5369-2299（販売）

印刷所　株式会社エーヴィスシステムズ

ISBN978-4-286-22003-1